Dr. Quinn Stories 3
Ärztin aus Leidenschaft
───────────────
Das Geheimnis

Dorothy Laudan

Dr. Quinn
Ärztin aus Leidenschaft

Das Geheimnis

Aus dem Amerikanischen
von Dorothee Haentjes

Das Buch »Dr. Quinn – Ärztin aus Leidenschaft.
Das Geheimnis«
entstand nach der gleichnamigen Fernsehserie
(Orig.: *Dr. Quinn – Medicine Woman*),
ausgestrahlt bei RTL2.

Dr. Quinn, Medicine Woman is a trademark of CBS Inc.
used under license.
© MCMXCVII CBS. INC. All Rights Reserved.
Lizenz durch CTM Merchandising GmbH
Die Geschichte dieses Buches basiert auf einem Drehbuch
von Toni Graphia.

Die Deutsche Bibliothek – CIP-Einheitsaufnahme
Laudan, Dorothy:
Dr. Quinn Stories : Ärztin aus Leidenschaft / Dorothy Laudan.
Aus dem Amerikan. von Dorothee Haentjes. – Köln : vgs.
3. Das Geheimnis. – 1. Aufl. – 1997
ISBN 3-8025-2530-2

1. Auflage 1997
© der Buchausgabe: vgs verlagsgesellschaft, Köln
Alle Rechte vorbehalten
Lektorat: Astrid Frank, Köln
Umschlaggestaltung: Papen Werbeagentur, Köln
Titelfoto: Bill Reitzel
Satz: Typo Forum Gröger, Singhofen
Druck: Clausen & Bosse, Leck
Printed in Germany
ISBN 3-8025-2530-2

Inhalt

1 Ein sonniger Morgen 7

2 Stumme Zeugen 21

3 Ein rätselhafter Patient 38

4 Die Bildung des Menschen 53

5 Verhaltene Tränen 69

6 Stille Wasser 81

7 Der Vater des Idioten 92

8 Ein unverkennbares Talent 108

1

Ein sonniger Morgen

Die ersten Sonnenstrahlen des Tages brachen sich in den Tautropfen, die nach einer noch kühlen Nacht auf den Blättern der Bäume und Büsche schimmerten. In diesem Morgen lag die ganze Frische der Natur, die nach einem langen Winterschlaf erst vor wenigen Wochen wieder zum Leben erwacht war. Auch die Vögel schienen das neue Leben nach der Starre des Winters zu genießen und begrüßten den Tag mit fröhlichem Zwitschern.

Das Holpern und Mahlen hölzerner Wagenräder durchdrang die Stille. Eine Staubwolke, aufgewirbelt durch die Räder, die sich ihren Weg über den schmalen sandigen Pfad bahnten, erfüllte die Luft. Auf dem Kutschbock saß eine junge Frau, bekleidet mit einem großen Hut, wie sie in dieser Gegend des amerikanischen Westens gleichermaßen von Männern wie von Frauen getragen wurden, und einem Mantel aus grobem Büffelleder, und hielt die Zügel des braunen Zugpferdes. Auf der Ladefläche des Wagens, an der Rückseite des Kutschbocks, der von dem langen Rock der Frau verhüllt wurde, der in Boston bereits vor einigen Jahren in Mode gewesen war, lehnte eine lederne Arzttasche.

»Ho!« machte die junge Frau und beschleunigte den Lauf des Pferdes. Ihre Bewegungen wirkten so geschickt, als habe sie in ihrem Leben nie etwas anderes getan als Pferdegespanne zu lenken. Dabei war es erst ein gutes Jahr her, daß

Dr. Michaela Quinn als junge, ehrgeizige Ärztin aus ihrer Heimatstadt Boston hierher in die Fremde nach Colorado Springs gekommen war.

Ihr Begleiter warf der Ärztin einen skeptischen Blick zu. Michaela bemerkte ihn aus dem Augenwinkel.

»Mache ich etwas falsch, Sully?« fragte sie, und um ihre Lippen spielte ein leicht spöttisches Lächeln.

Für einen Augenblick zeichnete sich Unwillen auf Sullys Gesicht ab. Er strich sich mit einer energischen Handbewegung die langen Haare aus dem Gesicht. So exotisch Michaelas Aufzug für eine Dame der feinen Bostoner Gesellschaft war, so fremdartig schien die Kleidung des Mannes. Anstatt aus der Werkstatt eines Schneiders stammte das Lederhemd, das Sully trug, aus indianischen Händen. Dazu trug er um den Hals eine Kette mit einem ebenfalls indianischen Amulett.

Jetzt entspannte sich sein Gesicht, und er erwiderte das Lächeln der Ärztin. »Aber Dr. Mike, so etwas würde ich niemals behaupten!« antwortete er mit sanfter Ironie in seiner Stimme.

»Doch, doch, Sully, sag es nur«, ermunterte ihn die Ärztin. »Ich bin für Anregungen immer dankbar.«

»Tatsächlich?« Sully lachte kurz auf. »Mein Eindruck ist eher, daß du eine Frau bist, die sich nichts sagen läßt.«

Michaela kräuselte die Lippen zu einem Schmunzeln. »O doch!« entgegnete sie. »Ich lasse mir durchaus etwas sagen. Die Frage ist nur«, setzte sie nach einer kurzen Pause hinterher, »ob ich das Gesagte dann auch umsetze.« Sie warf ihrem Begleiter einen schelmischen Blick zu. Sie genoß dieses Geplänkel ebenso wie den frischen Morgen und das Zwitschern der Vögel. Es war noch nicht lange so, daß Sully und sie auf eine derart beschwingte Weise miteinander sprachen. Überhaupt war dieses leichte und vergnügte Gefühl, das Michaela empfand, eine neuere Entwicklung im Leben der jungen Ärztin. Es hatte sogar eine Zeit gegeben, in der sie nicht mehr geglaubt hatte, überhaupt jemals wieder unbeschwert und glücklich sein zu können. Boston zu verlassen und in den Westen zu gehen, war nach dem Tod ihres Vaters und ihrem Verlobten David ein Akt der Verzweiflung gewesen. Daß die Ärztin hier, weitab von der eleganten Welt ihrer Heimatstadt, ein Glück finden sollte, das alle ihre Erwartungen übertraf, damit hatte Michaela nicht im entferntesten gerechnet. Und so unendlich groß und unnennbar dieses Glück auch war, so hatte es doch Namen: Matthew, Colleen und Brian, für die zu sorgen die junge Ärztin der Mutter der Kinder auf dem Sterbebett versprochen hatte, und Sully, der Mann, der Michaelas Herz berührt und zu einer neuen Heiterkeit erweckt hatte, nachdem es so lange Zeit wie abgestorben und taub gewesen war.

»Also heraus mit der Sprache«, knüpfte Michaela erneut an. »Was mache ich falsch?«

»Bear ist kein Rennpferd. Es wäre besser, wenn du ihm mehr Zügel lassen würdest«, erklärte Sully.

»Oh«, machte Michaela und drehte sich zu dem Wolfshund, Sullys ständigem Begleiter, um, der hinter dem Wagen her lief. »Kommt Wolf nicht mit?« fragte sie.

»Um Wolf mußt du dir keine Sorgen machen«, entgegnete Sully. »Aber das Pferd muß seinen eigenen Gang finden. Dann läuft es ausdauernder. Wir kommen ohnehin früh genug ins Reservat der Cheyenne.«

Gerade hatte Michaela noch ein Scherz über die Qualitäten des alternden Wallachs als Rennpferd auf den Lippen gelegen, doch sie vergaß ihn, als ihr etwas weitaus Wichtigeres einfiel: »Sully, ich würde gerne noch einen kleinen Umweg machen, bevor wir ins Reservat fahren. Du weißt, Ruby Johnson wohnt ganz allein da draußen in ihrer Hütte. Sie ist mittlerweile sehr alt, und ihre Beine wollen nicht mehr. Ich habe mir vorgenommen, jetzt immer bei ihr vorbeizuschauen, wenn ich wieder einmal zu den Cheyenne fahre. Macht es dir etwas aus, wenn wir ...«

»Oh, bestimmt nicht!« versicherte Sully, ohne die Ärztin ausreden zu lassen. »Wir haben Zeit. Häuptling Black Kettle ist dir sehr dankbar, daß du dich neben deinen anderen Patienten auch noch um die Cheyenne kümmerst. Er weiß, daß es nicht selbstverständlich ist und ...«

»Doch«, unterbrach Michaela ihn mit sanftem Tadel. »Für eine Ärztin ist es selbstverständlich. Ich kümmere mich um jeden, der meine Hilfe braucht, ob er nun ein Indianer ist oder ein Weißer. Aber dafür...« Sie lächelte. Ihr Blick glitt über den Rücken des gemächlich dahin trottenden Pferdes.

»Was ist ›dafür‹?« forschte Sully nach.

Michaela sah ihren Begleiter unter einer blonden Haarsträhne hindurch, die ihr über die Brauen ihrer dunklen Augen gefallen war, an. »Dafür muß Bear eben manchmal ein bißchen schneller laufen.« Damit trieb sie das Pferd wieder an, und der Wallach verfiel in einen gemütlichen Trab.

Ruby Johnsons Haus hatte diese Bezeichnung kaum verdient. Er war nicht viel mehr als eine armselige Holzhütte, deren blaßgraue, vom Wetter gebleichten Bretter zum Teil schief herabhingen oder bereits heruntergefallen waren. Ein alter, längst nicht mehr funktionsfähiger Wagen stand vor der Hütte, gleich neben dem kleinen Gemüsebeet, das allerdings mehr Unkraut als Eßbares enthielt. Bis auf ein einsames Huhn, das sich die alte Frau hielt und das selbstvergessen im Sand scharrte, war alles ruhig. Beunruhigend ruhig, wie die junge Ärztin feststellte, während sie sich in dieser Stille umsah.

Michaela sprang geschickt vom Kutschbock und ergriff ihre Arzttasche. Sully folgte ihr, während die Ärztin vor der aschgrauen Tür des kleinen Holzhauses stehenblieb.

Sie klopfte an. »Miß Ruby?«

Nichts rührte sich.

Michaela klopfte noch mal. »Hallo, Miß Ruby? Ich bin es, Dr. Mike! Sie können ruhig aufmachen.«

Das Scharren und Wetzen des Huhnes im Sand war das einzige Geräusch, das der Ärztin antwortete.

Michaela versicherte sich durch einen Blick der Zustimmung Sullys, dann stieß sie mit einem Ruck die Holztür auf, die sich knarrend in das Innere des Raumes öffnete.

Im Haus war es dunkel. Nur durch die Ritzen der schadhaften Wände fielen einige Lichtstrahlen herein. Im Lichtkegel der geöffneten Tür jedoch wurde ein menschlicher Körper sichtbar, der seltsam starr auf dem kahlen Holzboden lag.

»Miß Ruby!« Michaela kniete neben dem leblosen Körper nieder. Sie stellte ihre Tasche ab, dann drehte sie den Körper um, so daß sie in das Gesicht der Toten sehen konnte.

Unter dem spärlichen und strähnigen grauen Haar, das der Toten über die Stirn ins Gesicht fiel, waren Miß Rubys

Züge erstarrt. Um ihre Mundwinkel herum lag ein seltsamer Zug, halb lächelnd, halb traurig, als hüteten ihre verstummten Lippen auf immer ein schmerzlich-süßes Geheimnis. Ihre grauen Augen blickten so leer, wie ihr einsames Leben gewesen sein mochte.

»Sie ist tot«, stellte die Ärztin tonlos fest. »Ich bin zu spät gekommen.«

Auch Sully betrachtete das Gesicht der Verstorbenen. »Nein, du bist nicht zu spät gekommen. Es war ihre Zeit«, sagte er mit ruhiger Stimme, »ihre Zeit zu sterben war gekommen.«

»Trotzdem«, seufzte Michaela. »Ich wünschte, ich hätte sie öfter besucht. Sie muß sehr einsam gewesen sein.«

»Ja, das war sie wohl«, gab Sully zu. »Aber sie hat auch niemandem je das Gefühl gegeben, daß sie sich nach Gesellschaft sehnte.«

Michaela lächelte nachsichtig. »Ja, das stimmt. Sie wollte auch mich immer wegschicken. Dabei kam ich doch nur, um ihr zu helfen.« Sie zuckte die Schultern. »Man wird eben wunderlich und scheu, wenn man so viele Jahre allein lebt.« Ihr Blick glitt über das Kleid der Toten. Es war alt, alt und ausgeblichen. Und dennoch hatte es etwas Ungewöhnliches: Aus den zerknitterten Rüschen und bunten Volants schien eine Art Echo aus einer anderen Welt zu sprechen – der Nachklang eines Lebens, das einmal jung und schön und voller Optimismus gewesen war; und das nun auf so traurige Weise geendet hatte. »Ich wünschte, ich könnte noch irgend etwas für sie tun«, seufzte die Ärztin.

Sully zögerte einen Moment. »Du kannst etwas für sie tun«, sagte er dann. Und als hätte er ihre Gedanken gelesen fuhr er fort: »Sieh in ihrem Schrank nach. Ich bin sicher, sie hat sich für diesen Tag ihr schönstes Kleid aufgehoben.«

Michaela erhob sich. Während sie zum Kleiderschrank der alten Frau ging, bewegte sich ein Karussell von Gedanken in ihrem Kopf. Sie hatte Ruby nur wenige Male gesehen, und sie wußte nahezu nichts über sie. Wie kam es, daß sie ganz allein hier draußen gewohnt hatte? Was war vorgefallen, daß sie nicht zur Gemeinschaft der kleinen Stadt gehörte? Und woher stammte sie überhaupt? Hatte sie früher einmal in Colorado Springs gelebt?

Wieder einmal wurde der Ärztin bewußt, daß sie von den Einwohnern der Stadt noch immer als Außenseiterin angesehen wurde und daß es wohl noch viele Geheimnisse gab, in die sie nicht eingeweiht war.

Michaela öffnete die Tür des Kleiderschranks und prallte förmlich zurück. Wenn man bei den Gegenständen in dieser armseligen Hütte von Werten des Hauses sprechen wollte, dann barg sie dieser wurmstichige hölzerne Kasten. Zwischen alten Fetzen hing ein wunderschönes Kleid, das mit zahllosen Rüschen und Volants besetzt war und über dessen tief ausgeschnittenes Dekolleté sich ein hauchdünnes Netz feinster Spitze spannte. Michaela hatte selten ein üppigeres Kleid gesehen, zugleich aber mußte sie sich eingestehen, daß dieses Gewand die Grenzen des guten Geschmacks um ein Haar überschritt. Es gab keinen Zweifel: Dies war das Kleid eines Saloonmädchens!

Diese Erkenntnis verschlug der Ärztin geradezu die Sprache. Und gleichzeitig wurde ihr bewußt, daß diese Tatsache möglicherweise der Schlüssel zu der Einsamkeit der alten Frau war. Für ein alterndes Saloonmädchen war an ihrer Arbeitsstelle kein Platz mehr – und außerhalb des Etablissements, unter den sogenannten ehrbaren Bürgern einer Stadt wie Colorado Springs, schon gar nicht!

Zaghaft ergriff Michaela nun das kostbare Kleid und wollte es hervorziehen. Doch es schien sich an einem abstehenden Span des alten Schrankes verhakt zu haben. Die Ärztin bückte sich, um den Stoff zu befreien, und schob mit einem Arm die Volants beiseite.

Der Schreck erstickte ihre Stimme, bevor sich ein Schrei ihrer Kehle entwinden konnte. Zwischen den Kleidern der alten Ruby Johnson blickte der Ärztin ein menschliches Augenpaar entgegen.

»Sully!« stieß Michaela endlich hervor. Gleichzeitig bedeckte das menschliche Wesen im Schrank sein Gesicht mit seinem Arm, als wollte es nicht sehen, um selbst nicht gesehen zu werden.

Mit klopfendem Herzen ließ Michaela sich in die Knie sinken und schob den Arm des Kindes beiseite. Es war ein Junge. Sein Gesicht war schmutzig, und er blickte die Ärztin aus großen, braunen und angsterfüllten Augen an.

Der Ärztin stockte noch immer der Atem. »Wer«, flüsterte sie schließlich, »wer bist du?«

In diesem Augenblick trat Sully herbei. »Michaela, was ...«, begann er, dann bemerkte auch er den Jungen und verstummte. Er kniete neben der Ärztin nieder. »Ruby hatte wohl ihre Gründe, warum sie Besuch nicht mochte«, bemerkte er leise.

Während sie die Kutsche zurück in die Stadt lenkte, glitten Michaelas Augen immer wieder zu dem fremden Jungen hinüber, der zwischen Sully und ihr auf dem Kutschbock saß. Sully hatte seinen Arm um ihn gelegt, nachdem sich das Kind einige Male nach der Leiche umgewandt hatte, die unter einer Decke auf der Ladefläche des Wagens lag. Seiner Körpergröße nach zu urteilen, war der Junge etwa zehn bis elf Jahre alt – ein oder zwei Jahre älter als Michaelas jüngster Pflegesohn Brian. Er hatte bisher kein Wort gesprochen. Allerdings fiel es Michaela ebenfalls schwer, sich auf irgend etwas zu besinnen, was sie dem Jungen in dieser Situation hätte sagen können. Worte des Trostes oder der Aufmunterung? Michaela wußte zu gut, daß die Trauer ihre Zeit brauchte und gelebt sein wollte!

Dem ersten Augenschein nach war Ruby etwas länger als einen Tag tot. Die Tatsache, daß der Junge ihren Körper offenbar an der Stelle liegengelassen hatte, wo Ruby aus dem Leben geschieden war, sprach dafür, daß er unter Schock stand. Und vielleicht war das auch der Grund für sein verstörtes Schweigen.

Michaela warf einen Blick in den Himmel. Hohe Wolken türmten sich vor der Sonne auf. Wie heiter hatte der Morgen begonnen – und wie unerwartet hatte sich das klare Blau zugezogen!

Es war ein Werktag wie jeder andere in der kleinen Stadt Colorado Springs. Jeder ging, mehr oder weniger eifrig, seiner Arbeit nach. Wagen und Reiter durchquerten die staubige Straße, und vor dem kleinen Platz, der sich in der Mitte der Stadt befand, wurde die am Vormittag angekommene Postkutsche schon wieder zur Abfahrt nach Denver beladen.

Vor der Werkstatt des Schmiedes zügelte Michaela das

Pferd. »Robert E.!« rief sie, noch bevor der Wagen vollends zum Stehen gekommen war.

Der dunkelhäutige Schmied hatte seinen Platz an der rauchenden Esse bereits verlassen und trat auf die Straße hinaus. »Guten Tag, Dr. Mike«, antwortete er, während er sich die Hände an einem Tuch abwischte. »Was gibt's?« Doch sein Blick auf die verhüllte Gestalt auf der Ladefläche des Wagens verriet, daß er die Antwort schon kannte.

»Robert E., wir brauchen einen Sarg – einen Sarg für Ruby Johnson«, antwortete die Ärztin. »Sully und ich haben sie heute morgen gefunden.«

»Ruby Johnson.« Der Schmied nickte ernst. Dann zog er eine Art fahrbare Bahre zu sich heran. »Ich mache mich gleich an die Arbeit.«

»Robert E.«, begann die Ärztin wieder. »Ich weiß nicht, ob Ruby genügend ... ich meine, ich weiß nicht, ob sie Geld hatte ... Aber Sie werden Ihr Geld bekommen, dafür werde ich sorgen. Sie hat ja vielleicht noch Verwandte und ...«

Robert E. sah die Ärztin an. »Dr. Mike, ich bin sicher, daß ich meinen Lohn dafür bekommen werde. Wenn nicht hier, auf dieser Welt, dann an einem anderen Ort.« Er betrachtete nachdenklich den verhüllten Körper. »Es wird schnell gehen. Ich habe immer einen Sarg in Vorrat. Man weiß ja nie ...« Er blickte auf. »Also heute nachmittag, Dr. Mike.« Damit hob er die tote Ruby vorsichtig auf die Bahre und brachte sie in den geschlossenen Teil seiner Werkstatt.

Michaela zog die Stirn in nachdenkliche Falten, als sie ihren Pflegesohn Brian schon auf der Straße vor der Praxis spielen sah, noch bevor ihr Wagen vollständig um die Ecke gebogen war. Offenbar hatte Mrs. Olive, die Schwester des Kaufmanns Loren Bray, die für eine Übergangszeit die Kinder der Stadt unterrichtete, die Schule an diesem Vormittag früher beendet als sonst.

Sobald der Junge die Ärztin sah, lief er auf sie zu. »Hallo, Ma! Stell dir vor, wir haben früher frei bekommen. Colleen ist auch schon da«, bestürmte er seine Pflegemutter. Dann entdeckte er den fremden Jungen auf dem Kutschbock. »Wer ist denn das?«

Während Michaela selbst abstieg, half Sully dem verängstigten Jungen vom Wagen. »Tja, wer das ist, weiß ich im Moment auch noch nicht«, antwortete die Ärztin zögernd und legte ihre Hand auf die Schulter des fremden Kindes, so daß der Junge ihr das Gesicht zuwandte. Für einen Augenblick schien es der Ärztin, als erinnerte sie sein Gesicht entfernt an jemanden, ohne daß sie hätte sagen können, an wen. Und zugleich bemerkte sie, daß irgend etwas im Blick dieses Kindes sie beklommen machte – es war wie ein düsterer Schatten, der sich in den Augen des Jungen niederschlug. Zugleich hatte sein direkter, intensiver Blick etwas geradezu Tierhaftes, dem die Ärztin nicht standhalten konnte. Michaela richtete abrupt ihren Oberkörper auf. »Und darum sollten wir jetzt eins tun«, fuhr sie mit betont optimistischer Stimme fort. »Nämlich herausfinden, *wer* möglicherweise für die nächsten Tage unser Gast sein wird.« Damit schob sie den Jungen mit freundlichem Nachdruck in ihre Praxis.

Colleen, die wie stets nach der Schule kleinere Arbeiten in der Praxis verrichtete, war über die Ankunft des unerwarteten Gastes nicht weniger überrascht als ihr jüngerer Bruder.

»Bei Miß Ruby habt ihr ihn gefunden?« fragte das Mädchen und drehte nachdenklich an einer Strähne ihres langen blonden Haares. »Ich wußte gar nicht, daß Miß Ruby Kinder hat.«

»Miß Ruby war zu alt, um seine Mutter zu sein«, antwortete Michaela mit einem nachdenklichen Blick auf den Jungen. Sie hatte ihn mittlerweile auf der Untersuchungsliege plaziert, wo er stumm vor sich hin starrte. »Aber er könnte natürlich ein Enkel sein. Wenn es mich ehrlich gesagt auch überrascht, daß Ruby überhaupt Familie hatte«, fügte sie hinzu. »Aber vielleicht kann uns dieser junge Mann ja selbst ein wenig Aufschluß geben?« wandte sie sich mit munterer Stimme an das Kind. »Wie heißt du denn eigentlich?« fragte sie.

Der Junge hob den Kopf und sah die Ärztin aus seinen großen braunen Augen unverwandt an. Wieder war es dieser fragende Blick eines Tieres, das die sanften Lockungen der menschlichen Laute zwar wahrnimmt, aber nicht versteht.

»Ich bin sicher, du hast einen sehr hübschen Namen«, versuchte es Michaela weiter.

Aber der Junge schwieg beharrlich.

Michaela überlegte einen Augenblick, dann ergriff sie ihr Stethoskop. »Weißt du, was das ist?« fragte sie ihren Patienten. »Damit kann ich dein Herz hören. Paß mal auf!« Mit raschen Bewegungen schob sie die Membran des Instruments unter das Hemd des Jungen und horchte selbst einen Augenblick auf die raschen, aufgeregten Herztöne des Patienten, bevor sie ihm den Hörer über den Kopf streifte.

»Möchtest du auch mal hören?«

Fast im selben Moment riß sich der Junge mit vor Schreck geweiteten Augen den Hörer vom Kopf und warf das Stethoskop zu Boden.

Michaela bückte sich und hob es auf. »Hören kann er zumindest«, stellte sie lächelnd fest. »Er hat sich über seinen eigenen Herzschlag erschreckt«, erklärte sie den anderen, die die Untersuchung aufmerksam verfolgten.

»Dann kann er vielleicht nur unsere Sprache nicht verstehen«, meinte Brian nachdenklich. »Sully, kannst du nicht mal auf algonkin mit ihm sprechen?«

Sully beugte sich zu Brian herab und schlang seine Arme um den Jungen. »Ich könnte es versuchen«, antwortete er, »aber ich bin sicher, daß er kein Cheyenne ist. Nicht wahr, Dr. Mike?«

Die Ärztin schüttelte kurz den Kopf. »Nein, er ist ein Weißer wie wir auch.«

Sie führte eine Reihe weiterer Untersuchungen an dem Jungen durch. Dann verschränkte sie die Arme und hob die Schultern. »Gesund scheinst du jedenfalls zu sein. Ich kann nichts feststellen – im Moment jedenfalls«, sagte sie. Sie hob mit einer Hand das Kinn des Jungen, so daß sie sein Gesicht sehen konnte. Es war von Schmutz verschmiert, und auch die dunklen Haare des Jungen hingen verklebt in seine Stirn. »Alles, was dir im Augenblick fehlt, ist ein Bad. Colleen wird dir heißes Wasser machen.« Damit band sie die Schürze ab, die sie während der Untersuchung getragen hatte, und warf Sully einen kurzen Blick zu. Dann verließ sie das Sprechzimmer.

»Ich weiß nicht, wie oft ich in den letzten Wochen bei Ruby Johnson war«, begann sie, sobald Sully die Tür des

Sprechzimmers hinter sich zugezogen hatte. »Aber diesen Jungen habe ich nie gesehen.«

»Ich habe ihn auch nie gesehen«, pflichtete Sully ihr bei. »Und es scheint auch sonst niemand etwas von ihm gewußt zu haben. Sonst hätte man doch davon hier in der Stadt gehört. Was hast du festgestellt?« setzte er nach einer kurzen Pause hinterher. »Warum spricht er nicht?«

Die Ärztin zuckte die Schultern. »Organisch scheint ihm nichts zu fehlen. Die Stimmbänder, sein Rachen – das ist alles in Ordnung. Vielleicht liegt es an einer Art Trauma oder einem Schock.«

»Und welcher Art sollte dieses Trauma oder dieser Schock sein?« fragte Sully.

Michaelas Blick fixierte ein Astloch im Holzboden der Diele. »Nun, zum Beispiel könnte der plötzliche Tod eines geliebten Menschen zu einem Schock geführt haben«, antwortete sie. Dann sah sie zu Sully auf. Auf ihren Augen lag ein dunkler Schleier. »Oder das Leben unter den erbärmlichsten Umständen, die man sich für einen jungen Menschen vorstellen kann.«

2

Stumme Zeugen

In einer kleinen Stadt wie Colorado Springs verbreiteten sich Neuigkeiten wie ein Lauffeuer. Ob gute oder schlechte Nachrichten – es gab eigentlich nichts, was lange unbemerkt blieb. Michaela war diese Eigenart der Leute der kleinen Stadt zunächst unangenehm gewesen. Mittlerweile aber hatte sie gelernt, daß es nicht blanke Neugier war, sondern vor allem ein Ausdruck der Anteilnahme am Schicksal des Nächsten; denn hier, weit draußen im Westen und am sogenannten Rande der Zivilisation, lebte noch der Pioniergeist der ersten Siedler in den Köpfen der Menschen, der die Bewohner der Stadt ungeachtet aller Meinungsverschiedenheiten zu engem Zusammenhalt und zur Gemeinschaft verpflichtete. Und das galt auch für Ruby Johnson, die trotz ihrer abseits gelegenen Hütte einmal einen festen Bestandteil des gesellschaftlichen Lebens in Colorado Springs dargestellt hatte – des männlichen gesellschaftlichen Lebens zumindest.

Dennoch hatte die Ärztin Sully gebeten, dem Reverend Ruby Johnsons Tod ausdrücklich mitzuteilen, damit er die Vorbereitungen für die Beerdigung treffen konnte. Unterdessen kümmerte sie sich darum, daß der Junge bei dem letzten Geleit für die Frau, zu der er in welchem Verhältnis auch immer gestanden hatte, zumindest halbwegs ordentlich aussah. Sie wusch und badete ihn und kämmte ihm das Haar, während Colleen versuchte, seine Kleidung in der kurzen Zeit, die sie dafür zur Verfügung hatte, wenigstens oberflächlich in Ordnung zu bringen.

Wie er es versprochen hatte, war Robert E. am Nachmittag mit seiner Arbeit fertig. Er informierte die Ärztin, daß alles vorbereitet sei und der Reverend bereits auf dem kleinen Friedhof bei der Kirche wartete.

Michaela war nicht überrascht zu sehen, daß sich neben Reverend Johnson eine Reihe Bewohner der Stadt eingefunden hatten, um der Beerdigung beizuwohnen. Dr. Mike bemerkte mit einem Blick, daß es sich hauptsächlich um ältere Männer handelte. Und auch das überraschte sie nach ihren Erkenntnissen über Miß Johnsons Lebenswandel ebensowenig wie die Anwesenheit einiger jüngerer Kolleginnen Rubys. Das Mädchen Myra kannte Michaela als einzige mit Namen.

Darüber hinaus waren Grace, die Frau des Schmieds Robert E., und die resolute Mrs. Olive neben der Ärztin die einzigen anwesenden Damen, die nicht im Saloon arbeiteten. Wolf, Sullys Hund, wartete vor dem Friedhof im Schatten eines Baumes auf die Rückkunft seines Herrn.

Noch bevor der Reverend sein Buch aufschlug, bemerkte Michaela die verstohlenen Blicke, die unter den Anwesenden getauscht wurden. Und in gewisser Weise beschlich sie der Eindruck, daß sie dem fremden Jungen galten, der reglos vor ihr stand und in das offene Grab starrte, in das Rubys Sarg versenkt worden war.

»Gott unser Herr ist allmächtig«, begann Reverend Johnson seine Predigt. »Er sieht in unsere Herzen, er kennt die Geheimnisse, die wir vor uns und anderen zu wahren versuchen.«

Michaela bemerkte, daß sich bei dem Wort »Geheimnisse« der Barbier Jake Slicker dem Ohr Loren Brays zuneigte und etwas flüsterte, worauf der Kaufmann zustimmend nickte.

»Gott allein richtet über uns und unser Leben, wenn wir, befreit von der weltlichen Last, vor ihm stehen so wie nun Ruby Johnson vor ihm steht«, fuhr der Reverend fort. »Der gute Hirte sucht bei dem Reichtum seiner Herde nach dem einen verlorenen Schaf, das vom rechten Wege abgekommen ist und sich verlaufen hat, und er führt es sicher zurück in den Kreis der Herde. Genauso wie das verloren geglaubte Schaf zurückgekehrt ist zur Herde, ist auch Ruby zu den Worten des Herrn zurückgekehrt. Sie hat die Worte des Herrn geachtet, ihren Nächsten geliebt und ihrerseits das verlorene Schaf bei sich aufgenommen.«

Wieder wurden unter den Umstehenden bedeutungsvolle Blicke getauscht, die die Ärztin sehr wohl bemerkte. Es war nicht schwierig, aus der Rede des Reverends herauszuhören, daß hier über Dinge gesprochen wurde, die allen Anwesenden offenbar geläufig waren. Oder fast allen Anwesenden, denn Michaela selbst wurde aus den Worten Reverend Johnsons nicht schlauer.

»Staub warst du und zu Staub wirst du«, endete der Reverend und ergriff eine Handvoll Erde von dem vor dem Grab frisch aufgeworfenen Hügel. »Ruhe in Frieden, Ruby Johnson.« Er streute die Erde auf den Sarg des ehemaligen Saloonmädchens.

Jetzt war die Reihe zuerst an dem fremden Jungen, ebenfalls Erde in Rubys Grab zu werfen. Aber er starrte noch immer reglos in das Erdloch hinab. Michaela ergriff seine

Hand und führte sie zunächst an den Erdhaufen und dann über das Grab. Hier öffnete sie seine Finger, so daß schließlich einige Erdklumpen auf den Sarg hinabfielen. Und ohne daß er bisher ein Zeichen dafür gegeben hatte, daß er überhaupt verstand, was hier vor sich ging, rannen in diesem Moment Tränen über die Wangen des wortlosen Knaben.

Reverend Johnson sprach das Schlußgebet, und die Zeremonie war beendet. Michaela vertraute Colleen den fremden Jungen an. Dann folgte sie zusammen mit Sully entschlossenen Schrittes den übrigen Teilnehmern, die schon wieder eilig ihren Alltagsgeschäften entgegen strebten.

»Einen Moment mal. Würde mir bitte jemand sagen, was hier vorgeht?«

Mrs. Olive wandte sich zu der Ärztin um. »Was meinen Sie mit ›was hier vorgeht‹?«

»Hier geht gar nichts vor«, antwortete Loren Bray betont gleichgültig.

»Da habe ich aber einen anderen Eindruck«, antwortete die Ärztin fest. »Die Blicke, die Sie alle miteinander getauscht haben, und vor allem die Blicke, mit denen Sie diesen stummen Jungen gemustert haben...«

Der Saloonbesitzer Hank verdrehte die Augen zum Himmel. »Was geht Sie das denn schon wieder an, Dr. Mike? Müssen Sie sich eigentlich in alles einmischen?«

»Das muß ich durchaus«, antwortete Michaela. »Immerhin befindet sich der Junge in meiner ärztlichen Obhut. Oder möchte sich vielleicht jemand von Ihnen des Jungen annehmen?« Tiefes Schweigen antwortete der Ärztin. »Wenn ich einen verwahrlosten, verstörten Jungen bei einer alten Frau finde, die unmöglich seine Mutter sein konnte und den Sie offenbar alle kennen, dann betrachte ich es als mein gutes Recht, Informationen von Ihnen zu verlangen, die mich in die Lage versetzen, dem Kind zu helfen!« Zwischen ihren Augenbrauen hatte sich eine tiefe Falte gebildet.

»Kennen... kennen!« antwortete Loren Bray und winkte mit der Hand ab. »Wir haben ihn auch schon seit Jahren nicht mehr gesehen.«

»Und warum nicht? Warum hat sich eigentlich niemand um die beiden gekümmert?« beharrte Michaela.

»Nun, Dr. Mike«, begann Mrs. Olive mit ruhiger Stimme. »Es ist eine Geschichte, die Jahre zurückliegt. Und es weiß auch längst nicht jeder in der Stadt von ihr. Eigentlich sind es nur wir hier...« Sie sah zwischen Hank, Loren und dem Barbier Jake Slicker hin und her. Auch Reverend Johnson hatte sich mittlerweile der kleinen Gruppe angeschlossen. Er hielt sich jedoch dezent im Hintergrund. »Also«, fuhr Mrs. Olive fort. »Der Junge, er heißt übrigens Zack, ist nicht Rubys Enkel. Die beiden waren überhaupt nicht miteinander verwandt. Die Mutter des Jungen ist gestorben, als er fünf war.«

»Ach, was heißt denn ›Mutter‹«, fiel Loren Bray ein. »Sie war doch keine richtige Mutter. Sie war eine Hure, eine Hure aus dem Saloon.«

»Ja, so wie Ruby früher auch«, ergriff Mrs. Olive wieder das Wort. »Bis zum Tod seiner Mutter hat Zack bei ihr im Saloon gelebt. Und dann hat Ruby ihn zu sich genommen. Das ist jetzt ungefähr – warten Sie – ungefähr sieben Jahre her.«

»Sehen Sie, Dr. Mike«, begann nun auch der Reverend,

»schließlich mußte ja etwas geschehen. Es war die beste Lösung für den Jungen. Mrs. Ruby war gut zu ihm und besser als im Saloon hatte er es bei ihr allemal.«

»Sind Sie da so sicher?« fragte die Ärztin und verschränkte die Arme. »Er steckte in einem Schrank, als ich ihn fand.«

»Das ist nicht Rubys Schuld.« Hank schob sich im Kreis der Umstehenden nach vorne. »Ruby war gut zu ihm«, sagte er mit Nachdruck.

»Er hat sich nur versteckt, wenn jemand kam«, erklärte Jake Slicker jetzt. »Das hat er im Saloon gelernt.«

Hank nickte bestätigend. »Man kann es doch nicht verantworten, daß ein Kind dasteht und gafft, während seine Mutter ...«

»Sie sind wirklich ein gewiefter Pädagoge, Hank«, fiel Michaela ihm sarkastisch ins Wort. »Wirklich, soviel Einfühlungsvermögen hätte ich von Ihnen gar nicht erwartet.« Der Zorn, der von Michaela Besitz ergriff, wollte ihr fast die Luft nehmen. Sie atmete heftig und aufgebracht. »Und warum, in Gottes Namen, hat mir nie irgend jemand von Ihnen gesagt, daß bei Miß Ruby ein Kind lebt, um das man sich einmal hätte kümmern müssen?«

Betretenes Schweigen legte sich über die Umstehenden.

»Mehr als Ruby es tat, kann man sich sowieso nicht um ihn kümmern«, antwortete Loren Bray schließlich. »Sie hat ihm zu essen gegeben und ihn bei sich wohnen lassen. Mehr braucht er nicht. Alles andere ist aussichtslos. Der Junge ist nicht richtig im Kopf.«

»Das herauszufinden, sollten Sie besser Dr. Mike überlassen.« Es war das erste Mal, daß Sully sich in die Unterhaltung einmischte. Und Michaela war froh, daß er das Wort ergriff. Denn ihr selbst hatte es tatsächlich für den Moment die Sprache verschlagen. »Und selbst wenn er im Kopf nicht richtig sein sollte – was für einen Grund gab es, ihn totzuschweigen?«

»Na, das ist doch wohl klar.« Jake Slicker hatte die Hände in die Seiten gestützt und sah Sully herausfordernd an. »Weil in einer Stadt wie unserer gesunde Leute gebraucht werden, die anfassen können. Und weil niemand Zeit hat, sich über so einen den Kopf zu zerbrechen. Ich habe sie jedenfalls nicht«, fügte er mit Bestimmtheit hinzu, bevor er sich umwandte und ging.

Auch die übrigen Männer machten sich jetzt unter Kopfschütteln und leisem Murren davon. Allein der Reverend entfernte sich in der würdevollen Haltung, die seinem Amt gebührte.

Mrs. Olive blieb noch einen Augenblick bei der Ärztin stehen, während Sully zu den Kindern vorausging. »Tja, Dr. Mike, Sie müssen das verstehen. Es ergab sich einfach kein Anlaß, über Zack zu sprechen«, sagte sie mit einem entschuldigenden Achselzucken.

Michaela sah die resolute Frau an. Sie erinnerte sich noch gut daran, daß Mrs. Olive zu denen gehörte, die ihr das Eingewöhnen in der kleinen Stadt nicht gerade leicht gemacht hatten. Aber mittlerweile glaubte sie, von der verwitweten Ranchbesitzerin akzeptiert zu werden, und sie hatte ihren Umgang miteinander als aufrichtig und ohne jede Feindlichkeit eingeschätzt. Um so enttäuschter war sie, daß Mrs. Olive ihr jedes Wort über Zack vorenthalten hatte.

»Ist die Ankunft eines Arztes in einer Stadt etwa nicht

genügend Anlaß, das Gespräch auf ein behindertes Kind zu bringen?« Die Ärztin strich sich eine lose Haarsträhne aus dem Gesicht. Sie war wütend, und sie hatte keinen Grund, dies zu verbergen. »Sofern man überhaupt von einer Behinderung sprechen kann«, setzte sie hinterher. »Möglicherweise ist er nur vernachlässigt worden.«

»Vernachlässigt«, wiederholte Mrs. Olive. »Zack ist nicht vernachlässigt worden. Es gab an ihm nichts zu vernachlässigen. Seine Mutter hat ihn geliebt wie jede Mutter es tut. Aber Zack blieb einfach zurück. Er hat sich nicht wie ein normales Kind entwickelt. Erst lernte er nicht laufen, und Sprechen hat er ja bis heute nicht gelernt. Er kann nicht handeln und sich nicht äußern. Er ähnelt mehr einem Tier als einem Menschen, denn schließlich ist es doch die Bildung, die den Menschen erst ausmacht.«

»Wie können Sie es wagen, so zu sprechen?« fuhr Michaela auf. Die Borniertheit, mit der Mrs. Olive ihre Ansichten vortrug, fand sie einfach unerträglich. »Ist es seine Schuld, wenn er lernen mußte, sich vor anderen Menschen in einem Schrank zu verstecken? Wenn hier von Tieren gesprochen werden soll, dann trifft das wohl eher auf die Menschen zu, die mit Zack in dieser unzivilisierten Weise umgehen.«

»Dr. Mike.« Mrs. Olive straffte ihren Oberkörper und sah die Ärztin eindringlich an. »Was bringt Sie eigentlich so auf? Daß Sie nichts von Zack wußten, oder die Umstände, unter denen Zack gelebt hat?«

»Beides«, antwortete Michaela. »Wenn ich von Zack gewußt hätte, hätte ich alles daran gesetzt, um seine Lebensumstände zu ändern. Aber ich werde in dieser Stadt noch immer behandelt wie eine Fremde.«

»Das sind Sie in mancher Hinsicht auch noch.« Mrs. Olive sprach klar und ruhig.

Michaelas Augen verengten sich zu einem schmalen Spalt. »Wollen Sie damit sagen, daß ich es auch immer bleiben werde?«

»Ich will damit sagen«, antwortete Mrs. Olive gelassen, »daß wir Sie zwar als Ärztin brauchen, aber nicht als Richterin über menschliche Schwächen. Spüren Sie denn nicht selbst, daß alle, die von der Sache wußten, ein schlechtes Gewissen haben? Wenn Sie etwas für den Jungen tun wollen, dann tun Sie es. Aber lassen Sie die Vergangenheit ruhen. Sie können sie ja doch nicht mehr ändern.« Sie wandte ihren Kopf zum Eingang des Friedhofs, wo Michaelas Kinder und Sully zusammen mit Zack auf die Ärztin warteten. »Bei all dem kann man sowieso noch von Glück sprechen, daß Zack gar nicht versteht, was vor sich geht.«

»Wieso sind Sie sich da eigentlich so sicher?« Michaela bemühte sich um einen gemäßigten Ton. Sie mußte sich eingestehen, daß Mrs. Olive mit ihrer Frage einen wunden Punkt berührt hatte. Natürlich ging es der Ärztin um Zack und darum, wie mit einem möglicherweise kranken Jungen umgegangen wurde. Zugleich aber verletzte es sie tatsächlich, daß sie in dieser Angelegenheit wieder einmal übergangen worden war. Sie hatte gehofft, daß die Bewohner der Stadt Colorado Springs sie mittlerweile als Ärztin und als Mensch akzeptierten. Aber die Sache mit Zack hatte ihr deutlich gezeigt, daß sie davon noch weit entfernt war.

»Charlotte hat damals Geburtshilfe im Saloon geleistet«, erinnerte sich Mrs. Olive jetzt. »Irgend etwas war von vornherein nicht mit dem Jungen in Ordnung. Die Geburt dauerte sehr lange, und als das Baby schließlich da war, war es ganz blau angelaufen.«

»Sauerstoffmangel«, warf die Ärztin ein. »Das passiert, wenn die Geburt zu lange dauert.«

Mrs. Olive zuckte die Schultern. »Halten Sie von mir, was Sie wollen. Aber wen wundert's? Es ist eben nicht gottgefällig. Nach Seinem Willen soll ein Kind in Liebe entstehen und heranwachsen – und nicht unter solchen Umständen...« Ihr Blick glitt wieder zu Zack hinüber.

»Ich fürchte, Sie irren sich, Mrs. Olive«, entgegnete die Ärztin rasch und fest. »Erinnern Sie sich an die Worte des Reverends? Der gute Hirte liebt jedes seiner Schafe und kümmert sich auch um das verloren geglaubte. Ich bin sicher, Gott hat ausgerechnet mit Zack, den alle für einen Idioten halten, Großes vor.« Der Zorn stieg plötzlich wieder in ihr auf. »Sonst hätte er ihm ein Leben unter diesen Bedingungen erspart.« Damit wandte sie sich um und ging mit raschen energischen Schritten auf das Tor des Friedhofs zu, wo die anderen sie erwarteten.

Ruby Johnson war aus dieser Welt geschieden und beerdigt. Doch was geschah nun mit dem Jungen, mit Zack? Wo fand sich ein Platz für ihn?

Michaela stand am Fenster ihrer Praxis und schob die Gardine ein wenig zur Seite. Es hatte mittlerweile zu regnen begonnen, und die Hauptstraße von Colorado Springs verwandelte sich zusehends in ein Schlammloch. Gegenüber der Praxis lag der Saloon. Von dort stammte Zack ursprünglich. Dort war er zur Welt gekommen und hatte die ersten, bedeutenden Jahre seines Lebens verbracht. Aber war dieses Haus jemals ein wirkliches Zuhause für ihn gewesen? Hatte er es als ein Heim empfunden, das Geborgenheit und Liebe bedeutete und in dem jeder nur das Beste für ihn wollte? Es war schlecht vorstellbar, daß sich in einem solchen Etablissement so etwas wie ein gesundes Familienleben entwickeln konnte, auch wenn die Ärztin gar nicht unterstellen wollte, daß die Mutter ihr Kind etwa nicht geliebt hätte. Aber hätte man ihr das Kind denn wegnehmen sollen? Michaela schüttelte unwillkürlich den Kopf. Nein, Eltern und Kind gehörten zusammen, wo auch immer!

Michaela ließ die Gardine aus der Hand gleiten, wandte sich um und ging im Zimmer auf und ab. Der arme Zack. Vom Tag seiner Geburt an hatte für die Menschen dieser Stadt festgestanden, daß er nicht zu ihrer Gemeinschaft gehören würde, daß er herumgeschubst werden konnte: Zuerst im Saloon, dem Arbeitsplatz seiner Mutter, der dabei gleichzeitig sein Zuhause sein sollte, Michaela schüttelte bei dieser Vorstellung den Kopf – und nun, nachdem er seine Mutter und Ruby verloren hatte, unter den Bewohnern von Colorado Springs. Denn wie es weitergehen würde, wenn Zack in der Stadt blieb, davon hatte Michaela durch die Beerdigung und das Gespräch mit Mrs. Olive eine ziemlich exakte Vorstellung bekommen.

Michaela dachte an die Worte des Reverends. Zack war tatsächlich so etwas wie ein verlorenes Schaf. Ein einsames, kleines Schaf, das jedoch keinen guten Hirten hatte, der es suchte – zumindest nicht in dieser Welt. Dabei fiel ihr etwas anderes ein: Hatte Zack eigentlich Verwandte? Und wenn ja, wo? Wußten sie überhaupt von dem Jungen? Oder wollten sie von ihm wissen? Und was war mit seinem Vater?

Aber als sie in ihren Überlegungen soweit gekommen war, schüttelte sie wieder den Kopf. Die Hoffnung, den Vater des Jungen ausfindig zu machen, war absurd. Vermutlich hatte noch nicht einmal die Mutter gewußt, wer der Vater ihres Kindes war. Und selbst wenn – wer würde schon zugeben, der Vater eines Idioten zu sein? Michaela schnaubte bei diesem Gedanken. Nein, so würde sie nicht weiterkommen.

Es war selbstverständlich, daß Zack eine Weile bei der Ärztin Unterkunft fand. Aber es war ihr ebenso klar, daß das nur für eine kurze Zeit eine Lösung sein konnte. Das kleine Holzhaus, das Michaela von Sully gemietet hatte, war fast für sie und die Kinder schon zu klein. Matthew, der sich bereits zu einem jungen Mann entwickelte, hatte es von vornherein vorgezogen, in der Scheune zu schlafen, um nicht den einzigen Raum des Hauses mit seinen Geschwistern und Michaela, einer für ihn fremden Frau, teilen zu müssen. Die Ärztin schüttelte bei diesem Gedanken entschieden den Kopf. Nein, es war undenkbar, daß Zack auf lange Sicht bei ihnen blieb – so gerne sie es auch ermöglicht hätte.

Michaelas Blick heftete sich auf einen Punkt im Boden, ohne tatsächlich etwas von dem wahrzunehmen, was sie sah. Statt dessen lauschte sie. Das Haus war still geworden. Die Kinder hatte sie mit Matthew, der sich gewöhnlich abends nach seiner Arbeit auf Mrs. Olives Ranch in der Praxis einfand, im Wagen voraus nach Hause geschickt. Nun war das Prasseln des Regens das einzige Geräusch, das an das Ohr der Ärztin drang. Michaela seufzte. Sie zog ihren schweren Ledermantel über und ergriff ihre Arzttasche, dann sah sie sich noch einmal in der Praxis um. Michaela hoffte inständig, daß der lange einsame Fußmarsch, der ihr nun bevorstand, auch ihrem Geist die Bewegung verschaffte, die für das Finden einer Lösung notwendig war.

Im Verlauf des Weges zu dem kleinen Holzhaus vor der Stadt, hatte der Regen allmählich nachgelassen. Nur vereinzelt fiel noch ein schwerer Tropfen auf die einsame Wanderin hinunter, wenn der Wind die Zweige der Bäume hob und senkte.

Erst durch ihren Umzug in den Westen hatte Michaela ein Gefühl dafür bekommen, was Natur wirklich bedeutete. Selbstverständlich hatte es auch in ihrer Heimatstadt Boston Wind und Regen, Sonne und Wolken gegeben. Aber erst hier hatte die Ärztin erfahren, wie sich der Wind anfühlte, wenn er durch ihr offenes Haar flatterte, wie er im ersten Herbststurm heulte und wie weich das Regenwasser war, wenn es über ihr Gesicht rann, als hätte sie ihre Sinne dafür geschärft, die vorher taub und stumm gewesen waren.

Zu Fuß war es bis hier heraus ein beträchtlicher Weg, und längst war die Dämmerung in tiefe Dunkelheit übergegangen. Doch schließlich erkannte die Ärztin durch die Bäume hindurch schemenhaft das kleine Haus.

Schon als Michaela ihren Fuß auf die Treppe setzte, die zur Veranda des Holzhauses emporführte, schlug ihr ein köstlicher Duft entgegen, und sie spürte, wie hungrig sie durch diesen abendlichen Weg geworden war. Sie hatte Colleen gebeten, für diesen Abend einen Braten zuzubereiten. Zwar hatten sich die Kochkünste der Ärztin mittlerweile auch entschieden verbessert, aber an die Fähigkeiten ihrer

Pflegetochter reichten sie bei weitem noch nicht heran. Und speziell an diesem Abend hielt die Ärztin es für notwendig, daß Zack etwas Anständiges zu essen bekam.

»Guten Abend, Kinder!« Michaela hatte sich vorgenommen, sich ihre Sorgen nicht anmerken zu lassen; denn die erhoffte Lösung ihres Problems hatte auch der Marsch hier heraus noch nicht gebracht. Dennoch fiel bereits ein Teil der Spannung von ihr ab, als sie sah, daß Brian gemeinsam mit Zack den Tisch für das Abendessen deckte. Anstatt auf ihn einzureden, zeigte Brian dem Gast einfach, wo er die Teller hinstellen sollte, und Zack handelte nach seinen Anweisungen.

»Guten Abend, Dr. Mike.« Matthew legte gerade aus einem großen Korb Holzscheite in den Ofen nach. Offenbar hatte Colleen dem Braten ordentlich eingeheizt. »Gibt es schon Neuigkeiten?« Er machte eine kaum merkliche Kopfbewegung zu Zack hin. Matthew war erwachsen genug, um zu ermessen, welche Schwierigkeiten mit einem solchen Findelkind auf seine Pflegemutter zukamen. Für Brian hingegen war Zack nichts anderes als ein neuer Spielkamerad, während Colleen mit ihren dreizehn Jahren und ihrem praktischen Verstand bereits darum bemüht war, ihre Pflegemutter so weit es in ihrer Macht stand zu entlasten.

Die Ärztin schüttelte auf Matthews Frage seufzend den Kopf. »Nein, leider noch nicht. Vielleicht werde ich morgen etwas in Erfahrung bringen können.«

»Morgen, morgen«, sagte Colleen aufmunternd. »Morgen kannst du alles tun, was du willst, Dr. Mike. Aber jetzt wird erst einmal gegessen.« Damit stellte sie den knusprigen Braten auf den Tisch.

Michaela ließ ihren Blick kurz zu dem Gedeck wandern, das stets zusätzlich zu den Gedecken für die kleine Familie aufgelegt wurde. Sie hoffte, daß es auch an diesem Abend nicht ungenutzt blieb.

Die Ärztin schnitt den Braten an und legte jedem ein Stück Fleisch auf den Teller. Aus dem Augenwinkel bemerkte sie Zacks ratlosen Blick, mit dem er das vor ihm liegende Besteck musterte. Dann versuchte er, Brians Beispiel zu folgen und mit Messer und Gabel die Speisen zu zerteilen. Aber an der Art, wie er mit diesen Gegenständen umging, erkannte Dr. Mike, daß er weder Gabel noch Messer jemals zuvor in der Hand gehalten hatte. Anscheinend hatte es in Rubys einfachem Haushalt bei Tisch nur Löffel gegeben.

»Oh, einen Augenblick, Zack.« Michaela erhob sich, ergriff Zacks Besteck und schnitt Fleisch und Beilagen für ihn klein. »So«, sagte sie und reichte Zack mit aufmunterndem Blick sein Besteck zurück. »Nun kannst du essen.«

In diesem Moment klopfte es. Für den Bruchteil einer Sekunde zeichnete sich Panik in Zacks Blick ab. Dann sprang der Junge auf und stürzte in den hinteren Teil des Raumes, um sich hinter dem Vorhang zu verbergen, der die Schlafstätten der Kinder vom übrigen Raum abteilte.

»Zack, Zack! Das ist doch nur Sully!« rief Brian. »Er ißt mit uns zu Abend. Du mußt keine Angst haben!«

Michaela war fast im selben Moment wie Zack aufgesprungen. Jetzt kniete sie bei dem verängstigten Jungen. »Zack, es ist alles in Ordnung. Alles ist gut.« Sie bemühte sich, ihre Stimme ruhig und vertrauenerweckend klingen zu lassen, obwohl sie die Furcht, die von Zack ausging, selbst innerlich erbeben ließ.

Währenddessen öffnete Matthew die Tür.

Nur langsam kam der Junge an Michaelas Hand aus seinem Versteck hervor. Er starrte Sully mit seinen dunklen Augen an. Dann schien er ihn zu erkennen.

»Siehst du?« sagte Michaela sanft. »Du erkennst ihn wieder.« Und sie strich vorsichtig über Zacks wirr herabhängendes dunkles Haar.

»Zur Zeit können wir nicht viel unternehmen.« Die Ärztin saß auf der unteren Stufe der Verandatreppe. Zu ihren Füßen lag der Wolfshund. Sie hatte sich ihr wollenes Tuch um die Schultern geschlungen, denn es war abends noch empfindlich kalt. Aber Michaela und Sully mußten den einzigen Raum der Hütte verlassen, wenn sie in Ruhe miteinander reden wollten. Noch war der Ärztin nicht klar, was und wieviel Zack von dem, was gesprochen wurde, verstand. Und der Vorhang vor den Schlafstätten von Colleen und Brian, wo Michaela auch Zack ein Lager bereitet hatte, reichte nicht aus, um das Gespräch vor den Kindern abzuschirmen.

Über dem Land breitete sich allmählich nächtliche Stille aus, und die Luft war vom frischen Duft der nassen Erde erfüllt. Der Wind, der nach dem Regen aufgekommen war, wehte dunkle Wolken über den Himmel, so daß der kleine Hof vor dem Holzhaus immer wieder durch den matten Schein des Halbmondes erleuchtet wurde. »Ich weiß nur eins: Zack kann nicht allein in Rubys Haus zurückkehren.«

Sully schüttelte den Kopf. »Das kann er sicher nicht. Ich habe ihn beobachtet. Er ist ziemlich hilflos.«

»Ich weiß zwar noch nicht, was ihm eigentlich fehlt. Aber egal, was es ist, er kann sich nicht selbst versorgen.«

Michaela schwieg einen Augenblick. »Ich werde ihn wohl für die erste Zeit zu mir nehmen«, erklärte sie dann. »Und was Rubys Haus betrifft«, fuhr sie fort und betrachtete Sully von der Seite, dessen Profil sich im Licht des Mondes wie ein Scherenschnitt abzeichnete. »Es wird wohl das Beste sein, wenn wir es leer räumen. Solange es kein Testament gibt, gehört Rubys Habe Zack. Wir können die Sachen in der Scheune lagern und sie demnächst für den Jungen verkaufen. Und vielleicht finden wir dabei in Rubys Haus ja Schriftstücke oder Briefe oder irgendeinen anderen Hinweis auf Zacks Herkunft und auf mögliche Verwandte.«

Sully schwieg einen Moment. »Was versprichst du dir davon?« entgegnete er dann. »Glaubst du wirklich, daß Zack bei Ruby gelebt hätte, wenn es irgendwo Verwandte gäbe, die etwas von ihm wissen wollten?«

Michaela zog ihr Tuch enger um sich. Sie wußte nicht, ob es die Nachtluft war, die sie frösteln ließ, oder der Gedanke, daß es keinen Platz für Zack geben könnte. »Ich weiß es nicht, Sully. Ich weiß es einfach nicht. Das alles ist so geheimnisvoll, so dunkel. Ruby kann uns keine Antworten mehr geben, und Zack hat es vielleicht noch nie gekonnt. Und die Leute aus der Stadt wollen nicht über ihn sprechen. Es ist, als wären plötzlich alle verstummt.«

Auch Sully schwieg. Er hatte den Kopf zurückgelehnt und sah in den mittlerweile sternklaren, nachtblauen Himmel. »Ich werde Matthew um Hilfe bitten«, sagte er schließlich. »Vielleicht finden wir ja wirklich Hinweise auf Zacks Herkunft in Rubys Haus. Nur eines solltest du nicht erwarten, Michaela: Daß dir dadurch klarer wird, was in diesem Jungen wirklich vorgeht.«

3

Ein rätselhafter Patient

Es war selbstverständlich, daß Zack mit der Räumung von Rubys Hütte nicht konfrontiert werden durfte. Unter welchen Umständen auch immer der Junge dort gelebt haben mochte – die kleine Hütte war während der letzten Jahre sein Zuhause gewesen, und Ruby, egal welches Verhältnis sie zueinander gehabt hatten, war seine einzige Bezugsperson gewesen. Entsprechend war Michaela darauf bedacht, daß Zack nicht zu sehen bekam, wie Sully und Matthew am Nachmittag Rubys Hausrat in die Scheune der Ärztin brachten und das auflösten, was für Zack bis zu Ruby Johnsons Tod Heimat und Geborgenheit bedeutet hatte. Aus diesem Grund sollte Zack den Tag mit Michaela in der Praxis verbringen.

Darüber hinaus war der Ärztin klar, daß der ersten, kurzen Untersuchung, die am Tag zuvor stattgefunden hatte, unabdingbar eine weitere, intensivere folgen mußte. Sie hatte Zack während des vergangenen Abends und an diesem Morgen sehr genau beobachtet. Und je länger sie ihn betrachtete, desto eher kam sie zu dem Schluß, daß Brian mit seiner kindlichen Feststellung recht gehabt hatte: Es schien wirklich, als verstünde Zack die Sprache nicht, in der die Ärztin und alle anderen mit ihm sprachen. Aber wie sollte das möglich sein? Zack war hier aufgewachsen. Wenn überhaupt, dann mußte er die Sprache verstehen, die sie alle sprachen.

Hinzu kam, daß er den Umgang mit verschiedenen Dingen des alltäglichen Lebens ganz offenbar nicht gewöhnt war, was möglicherweise daran lag, daß Rubys Hausstand nur wenig Luxus geboten hatte. Für diese Theorie sprach die Tatsache, daß Zack immer wieder versuchte, Brian zu imitieren. Egal was ihr Pflegesohn tat, ob er mit Messer und Gabel aß, ob er den Tisch deckte oder ob er, wie an diesem Morgen, auf der Ladefläche des Wagens saß und ein Lied vor sich hin pfiff – Zack versuchte es ihm gleichzutun, allerdings auf eine schüchterne, fast schon heimliche Weise. Aber er nahm offenbar durchaus Anteil an dem, was um ihn herum geschah.

Wie an jedem Morgen setzte Dr. Mike auch heute Colleen und Brian zuerst mit dem Wagen vor der Schule ab, bevor sie selbst zur Praxis fuhr.

»Schade, daß du nicht mit in die Schule kommen kannst, Zack!« sagte Brian und kletterte umständlich vom Wagen herunter. »Manchmal ist es nämlich ganz interessant dort.«

Michaela legte einen Arm auf Zacks Schulter. »Heute wird wohl noch nichts daraus«, sagte sie zu dem Jungen, der an ihrer Seite auf dem Kutschbock saß. »Aber vielleicht in den nächsten Tagen? Heute wirst du mir zeigen, was du kannst, und dann spreche ich mit Mrs. Olive. Wir wollen sehen, was sich machen läßt.«

Der Junge sah die Ärztin an. Und wieder war es nur der Blick aus Zacks dunklen Augen, der ihren Worten antwortete.

Michaela spürte, wie ihre Zuversicht in dem Grad nachließ, wie das Schweigen zwischen ihr und Zack tiefer wurde, als sie jetzt den Wagen wendete, um zur Praxis zu fahren. Sie hatte das Verlangen, das Schweigen zu durchbrechen, irgend etwas zu sagen, in der Hoffnung, daß Zack ihr antwortete wie ein normales Kind. Denn soviel mußte sie sich mittlerweile eingestehen: Selbst wenn Zacks Schweigen auf ein traumatisches Ereignis zurückzuführen sein sollte, war es kaum denkbar, daß die Ergebnisse der Untersuchungen es zulassen würden, Zack als völlig normal einzustufen. Er war in jedem Fall für sein Alter zurückgeblieben. Und ob das auf eine krankhafte Schädigung oder einfach auf Vernachlässigung zurückzuführen war, spielte dabei eine untergeordnete Rolle. Dennoch war diese Tatsache allein schon schlimm genug. Zusammen mit Zacks familiärer Situation aber, so wie sie sich im Moment darstellte, bedeutete sie möglicherweise eine Katastrophe!

Michaela deutete mit den Zügeln in der Hand zum Himmel, über den der Wind dicke weiße Wolken in Fetzen dahintrieb. »Sieh mal, Zack, die Wolken«, sagte sie. »Sind sie nicht hübsch? Sie sehen ganz weich und flauschig aus. Und manche sehen aus wie Figuren.« Zur Unterstützung ihrer Worte zeichnete ihre Hand die Umrisse der Wolken in der Luft nach.

Das Mahlen der Wagenräder auf dem Sandweg schien der Ärztin mit jeder Umdrehung lauter zu werden. Warum sagte Zack nichts? Warum konnte er nicht einfach antworten? Sag etwas, Zack, flehte die Ärztin innerlich. Um Himmels willen, sag etwas!

»Pferde«, brachte Zack mühsam über die Lippen. Dabei deutete er auch auf die weißen Wolkenschiffe am Himmel. Und dann noch einmal: »Pferde.«

Zack hatte gesprochen! Hatte er also die Worte der Ärztin

verstanden? Oder war er nur der Richtung ihrer Gesten gefolgt?

Michaela hielt den Wagen abrupt an. Sie starrte in Zacks Gesicht, das im selben Moment schon wieder so verschlossen und still war wie zuvor.

Dann sah sie zum Himmel. Wie eine galoppierende Herde Schimmel stoben die Wolken vorüber, bäumten sich für Augenblicke sogar auf. »Du hast recht, Zack. Sie sehen tatsächlich aus wie Pferde«, antwortete Michaela staunend, wobei sie selbst nicht wußte, was sie mehr aus der Fassung brachte: Zacks unerwartetes Sprechen oder die Tatsache, daß diese Wolkenfetzen mit ein wenig Vorstellungsvermögen sich in eine Herde Pferde verwandeln konnte. »Ich habe es nie zuvor bemerkt.«

Als sich der Wagen der Ärztin am Nachmittag Ruby Johnsons armseliger Hütte näherte, hielt Matthew die Zügel des gemächlich trottenden braunen Pferdes. Durch seine Arbeit auf Mrs. Olives Ranch war er sehr muskulös geworden, und zwei zusätzliche starke Arme konnte Sully beim Ausräumen des Hauses gut gebrauchen.

Allerdings gab es noch ein paar Arme, deren Besitzer versprochen hatte zu helfen. Matthew warf einen kurzen Blick über die Schulter auf die Ladefläche des Wagens. Brian saß mit bereits aufgekrempelten Ärmeln auf der Pritsche. Es war weder Sully noch Matthew gelungen, den Jungen davon zu überzeugen, daß sie mit Rubys Besitztümern auch ohne ihn fertig werden würden. Aber zumindest hatte Brian hoch und heilig versprochen, nicht im Weg zu stehen.

Tatsächlich war die Habe der Verstorbenen schnell auf den Wagen verladen. Die alten Möbel blieben vorerst in dem Haus, und der spärliche Hausrat – einige Teller und Tassen, ein paar Töpfe und Kellen – war rasch gepackt. Sully sicherte alles mit einem Seil, damit die Last während der Fahrt nicht von der Ladefläche rutschte. Dabei fiel sein Blick auf Rubys Huhn, das angelegentlich im Sand scharrte. Auf der Ladefläche war wohl kaum der geeignete Platz für diesen Passagier. Also mußte Brian die Henne nachher auf den Schoß nehmen.

»So, das wäre alles. Es ging sogar noch schneller als ich dachte.« Matthew trug eine kleine Kiste, aus der vergilbtes und zum Teil bereits eingerissenes Papier herausragte. »Oh, hoppla.« Ein obenauf liegendes Blatt segelte zu Boden.

Brian, der während des Ausräumens jeden Schritt seines Bruders begleitet hatte, hob es rasch auf.

»Sieh vorsichtshalber auch mal drinnen nach, ob ich noch etwas verloren habe«, sagte Matthew, noch bevor Brian das Papier wieder auf die Kiste legen konnte. »Und steck es besser ein. Sonst verlieren wir es während der Fahrt noch mal«, rief er bereits über die Schulter, während er weiterging. »Reich war sie wohl wirklich nicht«, stellte er an Sully gewandt fest, als er die Kiste zu den anderen Gegenständen auf die Ladefläche wuchtete. »Hier, diese Papiere habe ich unter Rubys Bett gefunden. Scheint sich um alte Briefe zu handeln.« Matthew schob seinen Hut in den Nakken und wischte sich den Schweiß von der Stirn.

Sully musterte die zerfledderten Papiere. »Nein, reich war Ruby sicher nicht«, stimmte er zu. »Aber trotzdem ist diese Kiste vielleicht das Wertvollste, was in dem ganzen

Haus zu finden ist – für Zack jedenfalls. Dr. Mike will versuchen, Verwandte von ihm ausfindig zu machen.«

Matthew betrachtete die Kiste einen Augenblick schweigend. »Und wenn sie niemanden findet? Was geschieht dann mit ihm?«

Sully zuckte die Schultern und betrachtete ebenfalls die Kiste mit vergilbtem Papier, in der die einzige Hoffnung für Zack lag. »Ich glaube, das weiß Dr. Mike zur Zeit auch noch nicht«, sagte er. Dann hob er den Kopf. »Wir sollten jetzt umkehren. Wo ist Brian?«

Der Junge stand unter dem Türrahmen des leeren Hauses. Im Gegensatz zu dem kleinen Hof, dessen heller Sandboden von der Sonne beschienen wurde, wirkte das im Dunkel liegende Zimmer düster wie ein Gruft. Brian faltete versonnen das Papier zusammen, das er aufgehoben hatte, und steckte es in seine Jackentasche.

»Brian, wir wollen jetzt gehen.« Sully kniete neben dem Jungen nieder. Seine Augen folgten Brians Blick durch das verlassene Haus. »Es ist zu traurig hier.«

Brian holte Luft. »Sully, weißt du, was ich gerade gedacht habe?« fragte der Junge. Ein kaum merkliches Zittern lag in seiner Stimme. »Ich habe gedacht, was damals, als Ma starb, mit uns passiert wäre, wenn Dr. Mike uns nicht zu sich genommen hätte.«

Sully drückte den Jungen sanft an sich. »Sie hat es aber doch getan«, antwortete er beruhigend. »Warum denkst du noch darüber nach?«

»Ach, ich weiß nicht«, seufzte Brian. »Bei Zack ist alles so anders. Keiner weiß, was mit ihm geschehen soll. Und als unsere Ma gestorben ist, haben Matthew, Colleen und ich schrecklich geweint. Aber Zack hat bei Rubys Beerdigung fast gar nicht geweint. Ist er denn nicht traurig?«

»Weißt du, Brian«, begann Sully. »Ich bin sicher, daß Zack traurig ist. Sehr traurig sogar. Es gibt sicher Gründe dafür, daß er nicht weint. Und ich bin sicher, er würde sich besser fühlen, wenn er weinen könnte. Das ist wichtig, damit er jemals wieder lachen kann.«

Brian betrachtete noch immer das leere Haus, durch dessen Ritzen in den Wänden ein wenig Dämmerlicht einfiel. Er biß sich auf die Lippen. »Sully«, fragte er leise. Dann erstarb seine Stimme fast. »Als deine Frau gestorben ist... hast du... hast du da... geweint?«

Unter Brians Worten spannten sich Sullys Muskeln für einen Augenblick unwillkürlich an. Es schien, als würde sich die Beherrschung, die Sully in diesem Moment aufbrachte, auf seinen Körper übertragen. Er drückte den Jungen enger an sich. Seine Brust hob und senkte sich unter plötzlich raschem Atem. »Ja, Brian«, flüsterte er. Seine Lippen lagen fast an Brians Ohr. »Ja, ich habe geweint, als Abigail starb.«

Unterdessen setzte Michaela ihre Untersuchungen vom Morgen fort. Die Ergebnisse des Vormittags hatten ausnahmslos ergeben, daß Zack organisch vollkommen gesund war. Er brachte augenscheinlich die nötigen physischen Voraussetzungen für alle Sinneswahrnehmungen mit. Er reagierte auf Berührungen, er konnte schmecken und riechen, hören und sehen. Auf visuelle Reize reagierte er sogar besonders stark. Verschiedene Bilder, die die Ärztin ihm vorlegte, betrachtete er lange und mit augenscheinlichem

Interesse. Und im Verlauf der Untersuchung stellte Michaela zu ihrer Beruhigung auch fest, daß er ihre Worte durchaus verstand. Er reagierte allerdings schneller auf sie, wenn die Ärztin ihre Worte mit Gesten oder ausgeprägter Mimik verstärkte.

Auch sein Gleichgewichtssinn schien in Ordnung zu sein. Als besonders bemerkenswert erachtete die Ärztin die gut entwickelten feinmotorischen Fähigkeiten des Jungen. Auch wenn er nicht in der Lage gewesen war, mit Messer und Gabel zu essen, fädelte er mit sicherem Geschick und ausnehmend ruhiger Hand auf Anhieb einen Faden in das schmale Öhr einer Nähnadel.

»Das hast du sehr gut gemacht«, lobte Michaela den Jungen und nahm ihm Nadel und Faden aus der Hand. Was sie nun beginnen wollte, war für die Ärztin selbst ein Experiment. Aus Mrs. Olives Bericht konnte sie schlußfolgern, daß Zack bei seiner Geburt möglicherweise einen Hirnschaden erlitten hatte. Erst in letzter Zeit hatte man festgestellt, daß ein Sauerstoffmangel bei der Geburt die unterschiedlichsten Hirnschädigungen mit sich bringen konnte. Allerdings steckte die Erforschung dieser Krankheitsbilder noch in den Kinderschuhen. In einer der letzten Ausgaben ihrer medizinischen Fachzeitschrift hatte Michaela über die erstaunlichsten Versuche mit Hirnpatienten gelesen. Und nun hielt sie den Moment für gekommen, um sie selbst nachzuvollziehen.

»Zack, sieh einmal her«, begann sie. Sie legte eine Vogelfeder, eine Schere und ein Stück Bindfaden vor Zack auf den Tisch. »Zwei Dinge gehören zusammen, aber eins gehört nicht dazu. Was paßt zueinander?«

Der Junge betrachtete die Gegenstände. Ein Zeichen

dafür, daß er die Worte der Ärztin und auch die Aufgabe verstanden hatte.

»Dr. Mike?« fragte in diesem Moment Colleen aus dem hinteren Teil der Praxis. Sie war gerade dabei, die Instrumente zu reinigen und die frisch gewaschenen Verbände aufzuwickeln. »Entschuldige bitte. Ich weiß nicht, wo das hier hinkommt.« Sie hielt Michaela ein kleines Skalpell entgegen.

Michaela erhob sich, um Colleen den richtigen Platz zu zeigen. Dabei beobachtete sie aus dem Augenwinkel, daß Zack die Gegenstände noch immer eingehend betrachtete und dann mit sicheren Bewegungen rasch anordnete. Als Michaela sich wieder zu Zack setzte, betrachtete sie die Anordnung, die Zack getroffen hatte. »Nein«, sagte sie schließlich kopfschüttelnd. »Ich glaube, so ist es nicht richtig.« Sie ergriff die Schere und den Bindfaden und legte sie zusammen, während sie die Vogelfeder abseits anordnete. »So gehört es. Mit der Schere schneidest du den Faden. Die Vogelfeder hat damit nichts zu tun. Aber vielleicht liegt es ja auch daran, daß du diese Gegenstände gar nicht kennst?« fügte sie plötzlich nachdenklich hinzu.

Zack sah die Ärztin wortlos an. Zum ersten Mal aber schien es Michaela, als spräche dieser Blick zu ihr, greifbar und verständlich. Es war nicht zu übersehen: Zacks Blick drückte Mißbilligung aus – Mißbilligung darüber, daß Michaela seine Anordnung der Gegenstände zerstört hatte. Eine Anordnung, die Zack offenbar mit vollem Bewußtsein getroffen hatte.

Der Nachmittag war mittlerweile so weit fortgeschritten, daß Michaela davon ausgehen konnte, daß Sully und Matthew ihre Arbeit in Rubys Hütte beendet hatten. Sie schickte daher Colleen mit Zack zusammen nach Hause. Sie selbst wollte noch in der Praxis bleiben, wo sie ihre Fachbücher aufbewahrte, in der Hoffnung, hier einen Hinweis darauf zu finden, was Zack fehlte.

Ihre medizinische Bibliothek enthielt neben ihren eigenen Büchern auch die Fachliteratur ihres Vaters. Natürlich hatte die Medizin in den letzten Jahren erhebliche Fortschritte gemacht, und längst galten manche Erkenntnisse, die ihr Vater noch an der Universität gelernt hatte, heute als überholt. Das betraf speziell die Gebiete der Neurologie und der Hirnerkrankungen. Dennoch wollte sich Michaela von den Werken, in denen ihr Vater geblättert und nach Rat gesucht hatte, nicht trennen.

Sie nahm einen schweren Folianten heraus, der den Titel »Die Krankheiten des Gehirns« trug. Er war ein Erbstück ihres Vaters. Sie schlug das Buch auf.

»*Meinem frisch graduierten Kollegen Dr. Quinn zum Examen. Von Dr. Gerald Maxwell, Boston University*«, lautete die Widmung. Es war offenbar das Geschenk eines Professors an einen seiner Studenten: Michaelas Vater. Etwas unterhalb stand ein weiterer handschriftlicher Eintrag – vielleicht so etwas wie ein Leitfaden, der dem jungen Arzt zu Beginn seiner Laufbahn an die Hand gegeben wurde: »*Der Schlüssel zur Krankheit eines Menschen liegt in seiner Seele. Dabei scheint uns oft krankhaft, was in Wirklichkeit nur eine andere Form der Empfindsamkeit ist. Um zwischen Krankheit und Empfindung unterscheiden zu können, muß ein Arzt zuweilen ungewöhnliche Wege beschreiten.*«

Michaela stutzte. Sie hatte diese Zeilen nie zuvor bemerkt. Und sie war um so erstaunter, weil sie so ganz anders klangen als alles, was sie selbst während ihres Studiums gelernt hatte. Lag es eben daran, daß sich die ärztliche Wissenschaft in den vergangenen Jahrzehnten so entschieden weiterentwickelt hatte? Daß dank der modernen Medizin kaum mehr eine Krankheit unheilbar erschien? Oder hatte nur dieser ihr unbekannte Mediziner seine ganz persönliche Theorie über den Menschen und seine Krankheiten entwickelt?

Michaela legte das Buch auf ihrem Schreibtisch ab und nahm Platz. Sie schlug die ersten Seiten auf. Schon dem Vorwort entnahm sie, daß es sich bei diesem Buch tatsächlich um die Niederschrift persönlicher Erfahrungen des Arztes mit Hirnpatienten handelte, die noch keinen Anspruch auf wissenschaftliche Gültigkeit erhoben. Dr. Gerald Maxwell beschrieb allerlei Experimente, die Michaela, mit all ihrer Erfahrung in der modernen Medizin, höchst ungewöhnlich vorkamen. Allerdings schienen sie ihr alles andere als veraltet. Die Untersuchungsmethoden, die dieser Mann offenbar schon vor einigen Jahrzehnten entwickelt hatte, waren sogar den heutigen Methoden noch um einen Schritt voraus. Erwartungsvoll schlug sie das erste Kapitel auf und begann zu lesen. Maxwell beschrieb hier die Funktionen des Gehirns und wies darauf hin, durch welche Verletzungsformen oder Unterversorgung mit Blut und Sauerstoff sich Störungen der Hirnleistungen einstellen können. Er beschrieb auch die Symptome, die daraus resultierten: Lähmungen und gestörte Sinneswahrnehmungen. Michaela überflog diese Zeilen. Das war nicht das, woran Zack litt. Seine Sinneswahrnehmungen waren intakt – bis auf das

Gehör, das allem Anschein nach nur eingeschränkt funktionierte. Dann wurde die Ärztin wieder aufmerksamer. *»In meiner langjährigen Arbeit mit Hirnpatienten ist mir ein Phänomen begegnet, dessen Wurzel ich bis zum heutigen Tag meiner wissenschaftlichen Tätigkeit nicht finden konnte«*, stand dort. *»Ich hatte einen Patienten, dessen Augenlicht erwiesenermaßen nicht beeinträchtigt war und der anscheinend über eine gewöhnliche Intelligenz verfügte. Ich forderte meinen Patienten immer wieder auf, mir verschiedene geometrische Gegenstände, die ich vor ihm aufbaute, zu beschreiben. Er betrachtete die Gegenstände lange, aber er versagte. Erst wenn er die Dinge in die Hand nehmen durfte, war er in der Lage, den Unterschied zwischen einem Würfel, einem Quader und einer Pyramide festzustellen. Es schien, daß seine Augen die Gegenstände zwar wahrnahmen, sie ihm jedoch nichts bedeuteten. Ganz so, als konzentriere man seinen Blick auf einen Punkt in der Maserung des Schreibtisches, ohne ihn wirklich zu sehen, während das Ohr auf die Geräusche des Hauses lauscht.«*

Michaelas Blick fiel auf die Gegenstände, die sie Zack zur Anordnung gegeben hatte. Während sie über die Worte Dr. Maxwells nachdachte, ordnete sie die Gegenstände wieder so an, wie Zack es getan hatte: Die ein wenig geöffnete Schere lag senkrecht, mit dem Griff nach oben. Darüber lag quer die geschweifte Vogelfeder. Und unter dem Ganzen befand sich der Bindfaden in einem sanft nach oben gezogenen Bogen. Michaela schüttelte den Kopf. Was in dem Buch beschrieben wurde, war ein anderes Phänomen. Zack hatte diese Gegenstände in ihrer Form erkannt und mit Absicht so gelegt. Aber mit welcher Absicht?

Michaela erhob sich seufzend und schritt zum Fenster.

Als sie die Gardine beiseite schob, bemerkte sie, daß es bereits dämmerig wurde. Es wurde wohl auch für sie langsam Zeit, nach Hause zu gehen. Morgen konnte sie sich weiter mit dem Buch befassen.

Die Ärztin zog ihren Ledermantel über und ergriff ihre Arzttasche. Sie warf einen letzten Blick zurück in den Raum. Im Dämmerlicht zeichneten sich die Umrisse des Folianten und Zacks Anordnung der Gegenstände ab. Mit einem Lächeln bemerkte Michaela, daß sie von hier aus gesehen an ein Gesicht erinnerten. Die geöffnete Schere bildete die Augen und die Nase, die Vogelfeder verlief als Brauen über den Augen, und der Bindfaden stellte den Mund dar, der der Ärztin kaum merklich zulächelte.

Michaela schüttelte mit einem leichten Unverständnis über sich selbst den Kopf und blinzelte ein paar Mal mit den Augen. Es war wohl wirklich höchste Zeit, daß sie nach Hause ging!

Es bereitete Michaela Freude zu sehen, daß sich Zack an diesem Abend offenbar schon wesentlich geborgener in der kleinen Hütte fühlte als am Abend zuvor.

Heute nahm er sogar von selbst sechs Teller aus dem Wandbord, um den Tisch für das Abendessen zu decken. Er plazierte alles genauso, wie er es gestern von Brian gelernt hatte.

Am interessantesten aber fand die Ärztin, daß es dem Jungen gelang, eine fast reflexartige Bewegung zu unterdrücken. Denn in dem Moment, als Sully an die Tür klopfte, sprang Zack zwar auf, ließ sich aber nach dem ersten Schreck langsam wieder auf seinen Platz sinken.

Michaelas Augen strahlten. Das war der beste Beweis dafür, daß Zack lernfähig war!

In einem unbeobachteten Augenblick vor dem Essen war es Matthew gelungen, der Ärztin von der Kiste mit den Schriftstücken aus Rubys Haus zu berichten, die nun in der Scheune stand. Michaela war daher erleichtert, als an diesem Abend die Kinder früh zu Bett gingen und sie die Kiste nach Hinweisen auf Zacks familiäre Situation durchsehen konnte. Je früher mögliche Verwandte von ihm gefunden wurden, um so besser für den Jungen!

Die an einem Querbalken befestigte Petroleumlampe erleuchtete die Scheune nur dürftig. Die Kiste stand auf dem Boden, und Michaela kniete nieder, um einen ersten Blick in die Papiere zu werfen. Es schien sich hauptsächlich um Briefe zu handeln.

»Es wird uns nichts weiter übrig bleiben, als jeden einzelnen Brief zu lesen«, stellte Michaela fest und ließ ihre Hand über die vergilbten Ränder streichen. »Arme Ruby! Sie wäre sicher nicht damit einverstanden, daß Fremde in ihrer Vergangenheit blättern.«

»Vielleicht wäre sie aber einverstanden, wenn sie wüßte, daß wir es für Zack tun.« Auch Sully kniete neben der Kiste. Er zog wahllos einige Briefe heraus, die alle dieselbe Handschrift aufwiesen. »Aber selbst wenn in diesen Briefen etwas über den Jungen steht, werden sie uns nicht weiterhelfen.«

Michaela sah Sully mit von der Dunkelheit geweiteten Pupillen an. »Warum?«

Sully drehte und wendete die Briefe in seinen Händen. »Sie tragen keinen Absender.«

»Was?« Mit einer raschen Geste ergriff Michaela ihrerseits einige Briefe und betrachtete sie fassungslos. »Tatsächlich. Kein Absender. Nur der Poststempel.« Sie hielt einen der Briefe ins fahle Licht der Lampe. »Aus St. Louis«, stellte sie fest. Sie faltete das Papier auf und überflog eilig die Zeilen, die von einer gleichmäßigen Frauenhandschrift bedeckt waren. »Deine Cousine Melanie«, las sie die Unterschrift vor. »Wir werden nach Melanie Johnson aus St. Louis suchen müssen«, schloß sie.

»Du vergißt«, warf Sully ein, »daß Zack kein leiblicher Verwandter von Ruby war, wie wir inzwischen wissen. Du glaubst doch nicht allen Ernstes, daß diese Cousine – solltest du sie jemals finden – bereit sein wird, für Zack zu sorgen?«

»Und wer sagt dir, daß es überhaupt eine Melanie Johnson gibt?« fragte jetzt auch Matthew. »Vielleicht ist sie eine Cousine mütterlicherseits! Oder sie hat inzwischen geheiratet!«

»Dann bleibt uns nur eine Möglichkeit.« Michaela ließ den Brief mit einer matten Geste sinken. »Wir müssen in den Zeitungen der umliegenden Städte eine Suchanzeige für Zack aufgeben.«

»Verwandte des etwa elfjährigen Zack aus Colorado Springs gesucht«, formulierte Matthew. Er lehnte mit verschränkten Armen an einem Stützbalken der Scheune. »Der Junge ist leider stumm und mittellos«, fuhr er fort. »Dr. Mike, glaubst du wirklich, daß jemand sich auf eine solche Anzeige hin melden wird?«

Michaelas Blick sank zurück auf die staubigen Papierfetzen in der Kiste. Sie fühlte sich plötzlich sehr müde. »Es ist unsere einzige Chance«, seufzte sie. »Es ist Zacks einzige Chance.«

4

Die Bildung des Menschen

Michaelas Entschluß stand fest. Solange Zack bei ihr in Colorado Springs blieb, sollte er zur Schule gehen. Es gab keinen Grund, noch mehr Zeit zu verlieren und dem Jungen Bildungschancen vorzuenthalten. Im Gegenteil: Für seine zwölf Jahre hatte Zack ohnehin schon genügend aufzuholen.

Außerdem zeichnete sich ja nun ab, daß Zack in jedem Fall erst einmal so lange bleiben würde, bis Dr. Mikes Nachforschungen ein Ergebnis zeigten.

Michaela wußte, daß Zack es schwer genug hatte, von den Bürgern der Stadt akzeptiert zu werden. Wer wußte besser als sie selbst, daß die Leute von Colorado Springs eine fest verschworene Gemeinschaft bildeten, die niemanden bereitwillig in ihren Kreis aufnahm. Zacks derzeitiges Aussehen, seine zerschlissene Kleidung und sein strähniges Haar waren einer Duldung alles andere als zuträglich. Insbesondere, wenn sie wollte, daß sich niemand in der kleinen Stadt gegen einen Schulbesuch Zacks aussprach, mußte in dieser Hinsicht unbedingt etwas geschehen.

Am folgenden Morgen, nachdem sie Colleen und Brian bei der Schule abgesetzt hatte, lenkte Michaela ihren Wagen zum Laden des Kaufmanns Loren Bray.

Das Vormittagsgeschäft war bereits in vollem Gange. Mr. Bray hatte alle Hände voll zu tun, was wohl auch der Grund dafür war, warum er der Ärztin, die Zack an ihrer Hand hielt, nur einen kurzen Blick zuwarf. Dann beugte er sich wieder zu einem Sack Bohnen hinab, der hinter dem Verkaufstresen stand, und füllte den Inhalt in kleine, handliche Tüten ab.

Michaela sah sich suchend im Laden um. »Mr. Bray, nur eine kurze Frage: Wo finde ich Kleidung für Jungen?«

»Kleidung für Jungen?« fragte der Kaufmann, ohne seine gebückte Haltung hinter dem Tresen aufzugeben. »Die ist ganz hinten im Regal. Hat Brian sich schon wieder den Hosenboden zerrissen?«

»O nein, keineswegs«, antwortete Michaela belustigt. »Sein Bedarf ist für den Moment gedeckt. Aber dieser junge Mann hier braucht dringend ein paar neue Sachen.« Sie faßte Zack an der Schulter und stellte ihn vor sich. »Er wird ab morgen in unsere Schule gehen.«

Loren Bray richtete sich auf. »Der?« fragte er. »Das soll wohl ein Scherz sein, Dr. Mike. Der Junge ist doch dumm wie Bohnenstroh.«

Die Ärztin überhörte die Bemerkung des Kaufmanns. Und sie hoffte, daß Zack dies ebenfalls tat. Denn mittlerweile hatte er ja bewiesen, daß er die Worte seiner Mitmenschen verstand – wenn Michaela auch für diesen kurzen Augenblick fast wünschte, daß es nicht so war.

Statt dessen zog sie Zack mit sich vor das Regal an der rückwärtigen Wand des Ladens, das Loren ihr gewiesen hatte. Sie faltete einige Hosen auf und betrachtete sie. »Diese hier könnte passen«, überlegte sie. »Dazu dieses Hemd und diese Weste.« Sie wählte einige hübsche Stücke aus und hielt alles vor Zack, um die Größe zu prüfen.

Mr. Bray folgte ihr kopfschüttelnd. »Wissen Sie, Dr. Mike, ich bin zwar Kaufmann und an Umsatz durchaus interessiert, aber das ist wirklich rausgeschmissenes Geld. Schulkleidung für Zack! Der Junge könnte etwas anderes viel eher gebrauchen.«

»So?« Michaela sah den Kaufmann herausfordernd an. »Und was wäre das, was der Junge braucht?«

Loren Brays Gesicht verbreiterte sich zu einem Grinsen. »Hirnschmalz, das braucht er«, sagte er und brach in schallendes Gelächter aus. »Aber das haben wir hier leider nicht«, setzte er scheinbar bedauernd hinterher.

»In der Tat«, raunte Michaela so leise, daß der Kaufmann sie nicht verstehen konnte. Dann fuhr sie etwas lauter fort: »Hören Sie, Mr. Bray.« Michaela legte die Kleider auf einem der blankpolierten Verkaufstische ab. Sie stützte die Hände in die Hüften. »Machen Sie sich bitte keine Sorgen darüber, wofür ich mein Geld ausgebe. Bisher habe ich es noch immer an der richtigen Stelle investiert. Und wenn Sie Ihrem Beruf Genüge tun wollen, dann packen Sie jetzt alle diese Sachen zusammen und legen noch Knabenunterwäsche, eine Schiefertafel und Kreide dazu. Und wenn es Ihnen hilft, dann stellen Sie sich doch einfach vor, die Sachen seien für mich.« Sie wendete sich rasch ab, denn sie fühlte, wie trotz ihrer Zurechtweisung der Zorn jetzt erst recht in ihr hochstieg. Dabei fiel ihr Blick auf die bunt schillernden Bonbongläser, die neben der Kasse standen und auf die Brian stets ein besonderes Augenmerk richtete. »Ach ja, und noch eine Zuckerstange, bitte.«

»Die ist wohl auch für Sie?« fragte Mr. Bray mit gequältem Grinsen, während er die Kleider zusammenpackte.

»Nein«, entgegnete die Ärztin und wandte sich wieder dem Kaufmann zu. Auf ihrem Gesicht lag eine Mischung aus Triumph und Trauer. »Die ist für Zack. Das ist so üblich, zum Schulanfang! Denn das Leben ist bitter genug!«

Die nächste Station, die Michaela mit Zack aufsuchte, lag gleich neben dem Laden von Loren Bray. Es war der Barbierladen von Jake Slicker. Schon von draußen sah die Ärztin, daß sich eine Reihe Kunden auf der Bank drängten und auf die Dienste des Barbiers warteten.

»Guten Morgen, meine Herren.« Michaelas Stimme klang betont zuversichtlich. Es lag durchaus in ihrer Absicht, sich damit selbst ein wenig Mut zu machen. Denn es kostete auch sie einen Moment Überwindung, einen Laden zu betreten, der üblicherweise nur von Männern aufgesucht wurde. Für einen Augenblick streifte sie die Erinnerung an das erste Mal, als sie dieses Geschäft betreten hatte. Es war kurz nach ihrer Ankunft in der Stadt gewesen. Bis zu diesem Zeitpunkt hatte der Barbier die Leute von Colorado Springs ärztlich versorgt. Aber allein um mit ihrem Rivalen Frieden zu schließen, hatte sich die Ärztin sogar einen gesunden Zahn ziehen lassen.

Auch heute lag in allen Gesichtern, die sich ihr zuwandten, ein Ausdruck höchster Überraschung. Und er steigerte sich noch, als Michaela auf ihren jungen Begleiter wies: »Zack braucht einen Haarschnitt.«

Einen Augenblick herrschte atemloses Schweigen im Raum. Jake Slicker hielt das Rasiermesser, mit dem er gerade einen Kunden barbiert hatte, vor Überraschung in der Luft erhoben. Er fixierte Zack, der unter seinen wirr in die Stirn hängenden Haarfransen hervorsah. »Er braucht einen Haarschnitt«, wiederholte der Barbier. »Das ist sehr vornehm ausgedrückt«, antwortete er, während sich der Kunde aus dem Rasierstuhl erhob und Jake das Entgelt reichte.

Angesichts Zacks tatsächlich wüster Frisur erhob sich ein allgemeines Gelächter im Raum. Und Michaela lachte mit. »Es wird wohl ein wenig dauern«, stellte sie mit einem Blick in die Runde der wartenden Kundschaft fest. »Aber Zack hat Zeit. Ich gebe Ihnen das Geld schon einmal vorab. Ich bin solange in meiner Praxis und hole Zack dann später wieder ab.« Sie zückte bereits ihr Portemonnaie.

»Nein, Dr. Mike, das geht nicht.« Jake Slicker vollführte mit dem Messer in der Hand eine wedelnde Bewegung. »Der Junge kann hier... er kann hier nicht allein bleiben.«

»Kann er nicht?« Michaela sah den Mann, mit dem sie von Zeit zu Zeit noch immer Rivalitäten auszufechten hatte, forschend an. »Also gut.« Sie stopfte ihr Portemonnaie zurück in die Seitentasche ihres langen Rocks. »Dann werde ich eben mit ihm warten«, erklärte sie. Sie nahm auf der Wartebank Platz und zog Zack neben sich.

»Hören Sie, Dr. Mike!« Jake Slicker baute sich vor der Ärztin auf. Sein Blick wurde plötzlich drohend. »Ob Sie dabei sind oder nicht – Zack kann hier nicht warten. Ich kann es meinen Kunden nämlich nicht zumuten, mit einem Idioten in ein und demselben Raum zu sitzen.«

Die Ärztin sah sich suchend um. »Von welchem Idioten sprechen Sie denn?«

»Machen Sie schon wieder Ärger, Dr. Mike?« Hank, der ebenfalls auf der Wartebank saß, drehte jetzt mit betont gelangweilter Bewegung der Ärztin den Kopf zu. Soweit es seine ungepflegte Erscheinung betraf, hatte er einen Haarschnitt mindestens ebenso nötig wie Zack – von einer Rasur ganz zu schweigen.

»Ich mache keinen Ärger«, antwortete Michaela bestimmt. »Ich möchte nur als zahlende Kundin von Jake bedient werden wie jeder andere hier auch.«

»Wissen Sie, ich bin Geschäftsmann. Und als Geschäftsmann sage ich Ihnen, es ist Jakes Entscheidung, wen er als zahlenden Kunden bedienen will und wen nicht«, entgegnete der Saloonbesitzer. »Man ist ja schließlich noch sein eigener Herr. Andererseits...« Er machte eine kurze Pause. »Andererseits«, fuhr er dann fort, »sitze ich lieber noch mit einem Idioten im Raum, der wenigstens einen vernünftigen Haarschnitt hat. Also, Jake«, wandte er sich an den Barbier. »Ich hab's nicht eilig. Von mir aus kann er als nächster drankommen.« Er lehnte sich auf der Bank zurück und betrachtete irgendeinen Punkt an der gegenüberliegenden Wand.

Michaela war sichtlich überrascht. »Das... das erleichtert uns die Sache wenigstens etwas, Hank. Vielen Dank.«

»Keine Ursache«, antwortete Hank gelangweilt.

Jake warf Hank einen irritierten Blick zu. Dann wandte er sich Michaela und Zack zu und deutete wortlos auf den freien Stuhl.

Zack erhob sich zaghaft. Unsicher blickte er sich nach der Ärztin um. In ihrem tiefsten Inneren fühlte Michaela sich nicht behaglicher als der Knabe, obwohl sie sich im Recht wußte. Aber diese Art der Feindseligkeit, der sie mit

Zack allenthalben in der Stadt begegnete, schwächte selbst ihr ansonsten gut ausgeprägtes Selbstbewußtsein. »Geh nur, Zack, hab keine Angst«, sagte sie. Und sie fühlte, daß sie selbst diese kleine Aufmunterung ebenso nötig hatte wie der Junge.

Der Unterricht in der Schule war in vollem Gange. Mrs. Olive hatte eine sehr plastische Art, die Kinder auf das Leben vorzubereiten. Sie gestaltete ihren Unterricht, indem sie viel von der täglichen Arbeit auf ihrer Farm berichtete und daraus Beispiele und Aufgaben für den Rechenunterricht ableitete. Dennoch passierte es Brian immer wieder, daß seine Gedanken eigene Wege gingen, anstatt auf die Worte der Lehrerin zu achten. Besonders häufig geschah das im Rechenunterricht. Brian wollte es absolut nicht einleuchten, warum man ausrechnen sollte, wie viele Kühe übrigblieben, wenn einige von der Herde wegliefen, anstatt die verlorenen Kühe einfach wieder einzufangen.

    Es war die Rechenstunde an diesem Morgen, als Brian in der Innentasche seiner Jacke das Papier wiederfand, das Matthew beim Ausräumen von Rubys Hütte beinah verloren hatte. Brian hatte es eingesteckt und seitdem glatt vergessen. Jetzt fehlte es also in der Kiste, die Dr. Mike so sorgfältig durchsah. Aber vielleicht stand ja ausgerechnet auf diesem Blatt etwas sehr Wichtiges? Brian holte das Papier vorsichtig heraus und faltete es unter seinem Pult auseinander.

    Aber was er in den Händen hielt, war weder ein Brief noch eine Urkunde oder sonst ein Schriftstück. Es war eine Zeichnung. Eine sehr schöne Zeichnung sogar. Sie zeigte eine Herde grasender Pferde. Und sie war so detailliert und naturgetreu, daß man glatt meinen konnte, unter der Haut der Tiere die Knochen und Muskeln spielen zu sehen. Wenn Brian Pferde malte, sahen sie eher aus wie Schweine auf Stelzen. Er konnte kaum glauben, daß es einen Menschen gab, der so gut zeichnen konnte. Ob Ruby das Bild etwa gemalt hatte?

»Also, Kinder. Ihr habt nun zwölf Kühe auf der Weide stehen«, sagte Mrs. Olive gerade. »Drei davon werden euch gestohlen. Wie viele bleiben jetzt noch übrig?« Mrs. Olives Blicke glitten durch den Klassenraum. Einige Kinder zeigten auf und sahen die Lehrerin aufmerksam an. Nur Brian Cooper blickte konzentriert zu Boden. »Brian?« fragte Mrs. Olive. »Kannst du mir diese Frage beantworten? Brian?« wiederholte sie, als der Junge nicht reagierte. Aber Brian antwortete immer noch nicht.

Mrs. Olive schritt zum Platz des Jungen, der so abwesend war, daß er das Nahen der Lehrerin nicht bemerkte.

»Was hast du denn da?« Mrs. Olive ergriff mit einer energischen Bewegung das Papier und zog es unter dem Pult hervor. »Brian, ich habe dir schon so oft gesagt, daß du dich im Unterricht nicht mit anderen Dingen beschäftigen...«, tadelte sie den Jungen, dann stockte sie plötzlich. Sie zog die Augenbrauen in die Höhe. »Brian«, brachte sie atemlos hervor. »Das ist ja ein wunderschönes Bild.«

»Ja, Ma'am«, antwortete Brian zerknirscht. »Das ist es. Und weil es so schön ist, konnte ich gerade nicht aufpassen.«

»Es ist wirklich fabelhaft«, bekräftigte Mrs. Olive und betrachtete die Zeichnung bewundernd. »Seht einmal her.«

Sie hob das Bild und zeigte es allen Kindern der kleinen Klasse. »Es ist direkt nach dem Leben gezeichnet. Ich hätte niemals gedacht, daß du so talentiert bist, Brian.«

»Das bin ich auch gar nicht...«, hob Brian zu einer Erklärung an. »Ich habe es...«

»Na, also wenn das kein Talent ist«, unterbrach ihn Mrs. Olive lachend. »Dann will ich ab sofort nicht mehr Olive heißen! Seht es euch gut an, Kinder«, wandte sie sich wieder an die Klasse. »Aber trotzdem, Brian.« Mrs. Olives Stimme nahm einen Ausdruck an, von dem jedes Kind der Klasse wußte, daß die resolute Frau ab nun keinen Widerspruch mehr duldete. »Ich möchte, daß du dich jetzt wieder mit den Rechenaufgaben beschäftigst. Einverstanden?«

Während die Lehrerin neben ihm stand, war Brians Kopf unwillkürlich zwischen seine Schultern gesunken. Jetzt war er froh, so glimpflich mit einer Ermahnung davonzukommen. Und ab jetzt konnte jedes Wort des Widerspruchs sich nur noch nachteilig für ihn auswirken. »Ja, Ma'am«, sagte er deswegen nur kleinlaut, faltete mit einem letzten bewundernden Blick auf die Pferde die Zeichnung eilig zusammen und ließ sie wieder in seiner Jackentasche verschwinden.

Mrs. Olive gönnte ihren Schülern gerade eine kurze Pause, als Michaela mit Zack die kleine Wiese vor der Schule betrat. Die Ärztin wußte, daß das nun folgende Gespräch eine gehörige Portion Diplomatie erforderte. Vor allem, da Olive und sie bei ihrer letzten Begegnung nicht gerade im Einverständnis auseinandergegangen waren.

Nachdem Zack bewiesen hatte, daß er der Sprache durchaus mächtig war, wenn er auch nicht jedes Wort verstand, kam es der Ärztin darauf an, ihn so gut es ging vor weiteren verbalen Angriffen zu schützen.

»Bitte warte hier einen Moment«, sagte die Ärztin daher zu ihrem Schützling und ging allein auf Mrs. Olive zu. »Olive, ich möchte mit Ihnen sprechen. Haben Sie eine Minute Zeit?« Ihre Stimme klang zugleich ernst und verbindlich.

Mrs. Olive sah die Ärztin an. »Bitte, Michaela, nur zu. Wir haben uns bisher noch immer über alles unterhalten können.« Ihre Stimme klang ebenfalls freundlich. Das war eine der Eigenschaften, die die Ärztin an der resoluten Frau schätzte: Sie war stets zu einem Gespräch bereit, wenn sie auch ihre eigenen Ansichten stur vertrat. Aber das war eine Eigenschaft, die Michaela von sich selbst nur zu gut kannte. Und vielleicht war ja gerade das der Grund, warum sich die beiden Frauen im Laufe der Zeit einander zugewandt hatten.

»Ich möchte Sie bitten, Zack in Ihren Unterricht aufzunehmen.«

Mrs. Olive zog überrascht die Augenbrauen in die Höhe. »Wie bitte?«

»Sehen Sie«, begann Michaela, »Sie selbst haben doch neulich diesen Vergleich gezogen. Sie sagten, einen Mensch ohne Bildung und ohne Kultur könne man kaum einen Menschen nennen. Es ist ja bereits genug Zeit vergeudet worden, und ich bin doch der Ansicht, daß man Zack die Möglichkeit geben sollte, etwas zu lernen. Es wird doch höchste Zeit für ihn, finden Sie nicht?«

»Aber, Michaela, er...« Mrs. Olive rang geradezu nach Worten. »Er kann doch nicht lernen.« Sie sah die Ärztin mit einer Mischung aus Erstaunen und Verständnislosigkeit an.

»O doch, das kann er«, antwortete Michaela mit einem entschuldigenden Lachen. »Er hat es nur bisher nicht gezeigt. Aber er versteht alles, was wir sagen. Er ist sehr geschickt, wenn er etwas nachmachen soll, was man ihm zuvor gezeigt hat. Und er kann auch sprechen. Allerdings nicht gut«, schränkte sie ein. »Vielmehr nur ein paar Worte...«

»Nun«, antwortete Mrs. Olive und verzog den Mund leicht säuerlich, »das allein beweist ja noch nicht, daß er lernfähig ist. Ich meine im Sinne der Anforderungen, die hier in der Schule gestellt werden. Man sagt ja ›Stille Wasser sind tief‹, aber, ehrlich gesagt, Dr. Mike, in diesem Fall sollten Sie sich lieber keine allzu großen Hoffnungen machen.« Sie warf über Michaelas Schulter hinweg einen taxierenden Blick auf Zack.

»Aber meinen Sie nicht, es wäre einen Versuch wert?« beharrte die Ärztin.

»Wie stellen Sie sich das denn vor?« entgegnete Mrs. Olive. »Wenn er kaum sprechen kann... von Schreiben und Lesen wohl ganz zu schweigen... Ich müßte mich ja den ganzen Tag allein mit ihm befassen.«

»Nein, Mrs. Olive, das verlangt niemand von Ihnen«, beschwichtigte die Ärztin. »Bitte, lassen Sie ihn einfach nur dabeisitzen und zuhören. Ich bin sicher, Sie werden sich bald selbst überzeugen können, daß Zack lernfähig ist.«

Mrs. Olive atmete tief durch. »Also gut«, sagte sie dann. »Auch wenn ich nicht wirklich überzeugt bin. Aber versuchen können wir es, sofern er die anderen Kinder nicht stört. Und auch nur solange, bis eine richtige Lehrerin hierher kommt. Sie soll dann entscheiden, was das Richtige für Zack ist. Die Schule oder...«

Michaela interessierte sich nicht für die Alternative, die Mrs. Olive offenbar sah. »Ich danke Ihnen, Olive«, sagte sie rasch. »Ich bin sicher, Sie helfen Zack damit sehr. Colleen, Brian«, rief sie dann ihre Pflegekinder herbei, während sie zu Zack zurückging, der noch immer an der Stelle auf die Ärztin wartete, an der sie ihn zurückgelassen hatte. »Kümmert euch bitte um Zack. Er geht ab sofort mit euch in die Schule.« Damit überließ sie ihre nunmehr drei Schützlinge der Obhut von Mrs. Olive.

Wie immer, wenn ein neuer Schüler in den Klasseverband stieß, war auch Zack im Handumdrehen von seinen Mitschülern umringt.

»Hey, ich weiß ein Rätsel!« rief einer der Jungen. »Was bekommt man, wenn man einen Idioten wäscht? Einen Idioten, der sich gewaschen hat!« gab er sich selbst lachend die Antwort.

»Zack ist aber kein Idiot«, verteidigte Colleen den Neuzugang der Klasse. »Er ist nur ein bißchen anders als wir.«

Alice rümpfte die Nase. »Ein bißchen sehr anders, würde ich wohl sagen«, meinte sie. »Jedenfalls will ich ihn nicht in meiner Nähe haben.«

Während all dem sah Zack betreten zu Boden und klammerte sich an seine Schiefertafel, als bedeutete sie das einzige bißchen Würde, was ihm in seinem jungen Leben jemals zugestanden worden war.

»Außerdem ist er ein Bastard, hat meine Mutter gesagt«, pflichtete Margaret ihrer Freundin bei. »Und wo er herkommt, darüber spricht man am besten gar nicht.« Sie legte demonstrativ den Zeigefinger auf ihre Lippen.

»Dann laß es doch einfach bleiben«, schlug Brian dem Mädchen vor.

»Genau, es kommt sowieso weniger Blödsinn heraus, wenn du endlich mal den Mund hältst«, setzte Colleen noch eins drauf.

»Kinder, Kinder, Kinder!« rief Miß Olive die Gruppe zur Ordnung. Sie hatte bereits die Glocke zum Ende der Pause geläutet, aber die Schüler waren in ihre Auseinandersetzung viel zu vertieft, um den Gong wahrzunehmen. Nun nahte die resolute Frau mit weit ausholenden Schritten. »Jetzt ist es aber genug. Kommt wieder herein, die Pause ist beendet.« Sie faßte wahllos zwei Kinder bei der Hand und zog sie mit sich zurück in das kleine Schulhaus. Die anderen folgten ihr widerwillig und mit Murren.

»Laß dich bloß nicht ärgern«, schärfte Brian Zack ein und faßte den Jungen ebenfalls bei der Hand. »Das versuchen sie am Anfang immer. Sie wollen nur sehen, ob du... Hey, Zack! Was machst du? Lauf doch nicht weg!«

Aber Zack hatte sich plötzlich von Brian losgemacht. Er strauchelte einen Augenblick, dann fanden seine Füße festen Halt und er lief davon, überquerte so schnell er nur konnte die Wiese vor der Kirche der Stadt und verschwand in den Büschen des angrenzenden Waldes.

Michaela, die am Schreibtisch saß, blickte überrascht auf, als sie Sully raschen Schrittes am Fenster ihrer Praxis vorübergehen sah. Hinter Wolf folgte Brian ihm auf dem Fuße.

Sie wartete nicht erst, bis die beiden die Praxis betraten, sondern lief ihnen entgegen. »Was ist?« fragte sie alarmiert.

»Zack ist weggelaufen«, antwortete Sully.

Michaelas Augen verdunkelten sich. Auf ihrer Stirn bildete sich eine tiefe Falte. »Weggelaufen?« fragte sie. »Aber warum denn?«

»Weil sie sich in der Schule über ihn lustig gemacht haben«, rief Brian aus. »Sie haben gesagt, er ist ein Idiot.«

»Wir haben versucht ihn zu verteidigen.« Auch Colleen stürzte nun atemlos herbei, dicht gefolgt von Mrs. Olive. »Aber alle anderen waren so gemein zu ihm.«

»Es ist meine Schuld«, erklärte Mrs. Olive. »Ich habe den Jungen allein gelassen, und die Kinder...«

»O nein, Olive!« Michaela fuhr sich mit der Hand durch die Haare. »Ich hätte selbst daran denken müssen. Die Kinder sprechen den Erwachsenen einfach alles nach. Und zur Zeit gibt es in Colorado Springs wohl keine Familie, in der Zack nicht zum Thema gemacht wird. Es ist ganz allein meine Schuld. Aber ich habe nur daran gedacht, daß Zack etwas lernen muß...«

»Es spielt im Moment keine Rolle, wer Schuld hat«, beendete Sully die Geständnisse. »Viel wichtiger ist, daß wir ihn finden.«

»Finden? Wen oder was wollt ihr denn finden?« fragte Robert E. Wie so häufig, wenn sich in der kleinen Stadt Colorado Springs Aufregung bemerkbar machte, hatte sich bereits eine kleine Menschentraube vor der Praxis der Ärztin versammelt.

»Zack ist weggelaufen«, erklärte Dr. Mike zerknirscht. »Ich wollte ihn in die Schule schicken, aber...«

»Dann muß man ihn suchen.« Ohne daß Michaela ausgeredet hatte, band der Schmied sich bereits seine schwere Lederschürze ab. Und es war nicht das erste Mal, daß Robert E., der aufgrund seiner Hautfarbe wohl immer ein Außenseiter in der Stadt bleiben würde, einer der ersten war, die ihre Hilfe in Notfällen anboten.

»Ich werde dich begleiten«, unterstützte ihn seine Frau Grace, und auch sie band sich ihre Schürze ab, die sie bei der Zubereitung des Essens für ihr Café üblicherweise trug.

»Ihr könnt im Lager der Einwanderer suchen«, bestimmte Sully. »Colleen und Olive, ihr sucht den Waldrand hinter der Schule ab. Kann ich den Wagen haben, Dr. Mike?«

»Ja ja, natürlich«, antwortete Michaela schnell. »Aber ich komme mit dir.«

»Nein.« Sully hielt sie sanft zurück. »Du mußt hierbleiben – für den Fall, daß die anderen Zack finden und er deine Hilfe braucht.«

»Dann komme ich mit dir, Sully«, sagte Brian entschieden und sah den langhaarigen Mann mit einem zugleich erwartungsvollen und fordernden Blick an.

»Ja, ist gut«, stimmte Michaela mit einem kurzen Kopfnicken zu. »Immerhin haben Brian und Zack den besten Kontakt zueinander.«

»Was ist denn los?« Myra, das Mädchen aus dem Saloon, blickte fragend in die Runde. Sie hatte vom Saloonfenster aus den Auflauf vor der Praxis der Ärztin gesehen und war herbeigeeilt. Mit einer halb fröstelnden, halb schamhaften Gebärde zog sie sich ihr Tuch, das das nur wenig verbergende Saloonkleid verhüllte, enger um die Schultern.

»Zack ist weggelaufen«, antwortete Mrs. Olive knapp. »Aber wir werden ihn suchen.« Damit umfaßte sie Colleens Hand und zog das Mädchen mit sich.

»Zack ist weggelaufen?« wiederholte Myra. »Hank, hast du das gehört?« wandte sie sich dann an ihren Chef, der nun ebenfalls zu dem Menschenauflauf dazu stieß.

Für den Bruchteil einer Sekunde verzog sich ein Muskel in Hanks Gesicht, gerade so, als habe ihn eine Mücke gestochen. Dann wandte er sich wortlos um und löste den Lederriemen, mit dem sein Pferd vor dem Saloon angebunden war.

»Willst du ihn auch suchen?« fragte Myra.

Hank warf ihr einen vernichtenden Blick zu. »Glaubst du wirklich, Geschäftsleute wie ich haben nichts Besseres zu tun?«

»Was tust du dann?« wollte Myra wissen.

Hank wandte sich zu dem Mädchen um. Seine blauen Augen blickten kalt. »Ich sagte dir doch, ich habe Geschäftliches zu tun!« Damit schwang er sich auf sein Pferd und ritt davon.

5

Verhaltene Tränen

Sully lenkte den Wagen der Ärztin aus der Stadt hinaus auf den kleinen Weg, der zum Indianerreservat führte – und von dem aus Michaela vor wenigen Tagen zu Rubys Haus abgebogen war. Sully erinnerte sich daran, wie die Ärztin den Jungen dort im Schrank entdeckt hatte, wo er sich vor der Welt versteckte, und er hoffte, daß seine Vermutung, Zack sei auch jetzt wieder in die Hütte geflohen, stimmte.

Brian saß neben Sully auf dem Kutschbock. Er hatte die Arme verschränkt, und seine Miene war düster und verschlossen.

»Sully?« fragte er schließlich. »Warum sind die Leute so gemein zu Zack?«

Sully überlegte einen Moment. »Ich glaube«, sagte er dann, »das liegt daran, daß er anders ist als andere Jungen.«

»Aber was heißt denn ›anders‹?« entgegnete Brian. »Wir sind doch alle anders. Ich bin anders als du, du bist anders als Dr. Mike, Dr. Mike ist anders als Colleen...«

»Da hast du recht«, unterbrach Sully lachend die Aufzählung des Jungen. »Aber Zack ist noch einmal anders als wir alle. Er kann nicht sprechen, man weiß nie, ob er einen verstanden hat, und er hat eine ganz besondere Art zu gucken.«

»Und was ist daran schlimm?« fragte der Junge.

»Schlimm ist daran gar nichts«, antwortete Sully. »Aber das ist es, was den Leuten angst macht. Sie haben vor vielem

Angst, das anders ist als sie. Denk nur an die Cheyenne zum Beispiel.«

»Du meinst also, daß die Leute vor Zack auch Angst haben?« fragte Brian ungläubig.

»Ja, so könnte man es nennen.«

»Aber warum? Er tut ihnen doch nichts.«

»Nein, er tut niemandem etwas«, bestätigte Sully. »Aber er macht etwas anderes mit den Leuten: Er hält ihnen einen Spiegel vor.«

»Einen Spiegel?« Brian sah seinen erwachsenen Freund überrascht an.

»Weißt du, Brian, indem Zack wieder hier aufgetaucht ist, zeigt er den Leuten, was sie an ihm verbrochen haben«, begann Sully. »Zack ist kein gesund entwickelter Junge, wie du es zum Beispiel bist«, erklärte er. »Aber daran ist nicht nur seine Krankheit schuld. Die Umstände, unter denen er aufwachsen mußte und an denen die Leute aus der Stadt nicht ganz unschuldig sind, haben genauso dazu beigetragen.«

»Du meinst also, sie haben ihn krank gemacht«, sinnierte der Junge. »Haben sie ihm etwa weh getan?«

»Sie haben ihm keinen körperlichen Schmerz zugefügt«, antwortete Sully, »aber sie haben seine Seele verletzt. Und solche Wunden verheilen oft viel schlechter.«

»Hat Dr. Mike denn kein Mittel für sie?« wollte Brian wissen. »Sie macht doch sonst fast alle Leute gesund.«

»Dr. Mike ist eine gute Ärztin«, bestätigte Sully. »Aber ich glaube, ein guter Freund hilft Zack jetzt viel mehr als ein ganzer Koffer Arznei.«

Wenig später hielt er auf dem kleinen Hof vor der verlassenen Hütte.

Ringsum herrschte Stille. Nur die Tür des Holzhauses stand einen Spalt breit offen und knarrte im Wind. Der Riegel, mit dem Matthew vor einigen Tagen die leere Hütte verschlossen hatte, lag auf dem staubigen Boden.

Sully öffnete die Tür. Ohne einzutreten, ließ er seinen Blick durch den Raum gleiten.

Es dauerte einen Moment, bis sich seine Augen an das Dämmerlicht gewöhnt hatten. Dann zeichnete sich im Kleiderschrank, der neben einigen anderen Möbeln zurückgelassen worden war und dessen Türen offen standen, die Gestalt eines kauernden Jungen ab.

Obwohl Zack Sully bemerkt haben mußte, sah er nicht auf. Wie ein wesentlich kleineres Kind schien er zu glauben, daß er nicht gesehen werden konnte, wenn er selbst nicht sah.

»Geh zu ihm«, sagte Sully leise und schob Brian in den Raum hinein.

Zack sah auch kaum auf, als sich ihm jetzt Brian Schritt für Schritt näherte; geradeso als suchte er die Annäherung an ein scheues, schreckhaftes Reh, das jeden Moment aufspringen und davonlaufen wollte.

»Hab keine Angst«, flüsterte der blonde Junge. »Ich bin's, Brian.«

Einen Moment lang verzog sich Zacks Gesicht zu einem schmerzlichen Ausdruck. Dann rückte in seinem Schrank ein wenig zur Seite, und Brian setzte sich neben ihn.

»Zack, alle suchen dich. Wir machen uns Sorgen«, begann Brian.

Zack antwortete nicht. Er sah bewegungslos auf einen unbestimmten Fleck am Boden.

»Ich kann verstehen, daß du weggelaufen bist«, fuhr Brian fort. »Aber du mußt trotzdem wieder mit zurückkommen. Du kannst nicht allein hier bleiben.«

Zack machte mit seinem Fuß eine ungeduldige Bewegung. »Id... Idiot...«, formten seine Lippen.

»Nein, du bist überhaupt kein Idiot«, antwortete Brian entschieden. »Jeder kann etwas besonders gut, und du kannst auch etwas. Du kannst zeichnen. Und du hast sogar Talent. Das sagt Mrs. Olive auch.« Brian griff in seine Jackentasche und zog das Papier hervor. Er faltete es auf. Es war die Zeichnung, die Mrs. Olive heute morgen gelobt hatte. »Keiner weiß, daß du so gut zeichnen kannst«, sagte er. »Das Bild hier, das ist doch von dir, nicht wahr? Es ist wunderschön. Sogar fabelhaft, sagt Mrs. Olive.«

Zack hob ein wenig den Kopf. »Nein«, brachte er mühsam hervor. »Nicht schön.«

Brian überlegte wieder einen Augenblick. »Wenn dieses Bild nicht schön ist, dann will ich nicht mehr Brian heißen«, zitierte er dann seine Lehrerin. »Und du sollst dann nicht mehr Zack heißen.«

Zacks Augen blickten einen Moment starr geradeaus. Dann griff der Junge hinter sich, zog ein abgebrochenes, kurzes Holzbrett hervor und hielt es Brian so hin, daß der Sonnenstrahl, der in den Raum drang, es erhellte.

Brian sah genauer hin. Schwach und wie ein Spiel aus wechselnden Schatten war etwas darauf zu erkennen. Es sah aus wie aufgerichtete Steine, die aus dem Boden ragten, und Kreuze vor aufgeworfenen Erdhügeln. Zack mußte das

Bild mit einem Stück Kohle aus den Aschenresten des Kaminfeuers gezeichnet haben. Jetzt nahm Brian das auf Holz gezeichnete Bild selbst in die Hand und betrachtete es lange. Es stellte tatsächlich einen Friedhof dar, auf dem Leute standen. Offenbar handelte es sich um eine Beerdigung. Aber die Beerdigungsgesellschaft war keine geschlossene Gruppe. Auf eine schwer zu beschreibende Art wirkte der Großteil der Menge feindselig gegenüber einer Figur, die kleiner war als alle anderen und die allein vor dem offenen Grab stand.

»Das ist ein trauriges Bild«, stellte Brian fest. »Du hast es gemalt, weil du traurig bist, nicht wahr? Ich kann das verstehen. Ich war auch traurig als meine Ma gestorben ist. Ich habe damals sehr viel geweint.«

Zack sah Brian jetzt aufmerksam an. Er lauschte auf jedes Wort des Jungen.

»Es kam mir fast so vor, als könnte ich nie mehr aufhören zu weinen«, fuhr Brian fort. »Weil meine Ma weg war, und weil ich mich so allein gefühlt habe, genau wie du.« Er zeigte auf die einsame kleine Figur auf dem Bild. »Aber dann war Dr. Mike da. Und ohne daß ich gemerkt habe, wie es gekommen ist, bin ich wieder glücklich geworden. Weißt du, es ist gut, wenn man weinen kann«, sagte Brian ernst. »Das ist wichtig, damit man später wieder lachen kann. Sully sagt das auch. Er hat nämlich auch geweint, als seine Frau gestorben ist.« Brian schwieg einen Moment. Zack sah ihn noch immer aufmerksam an. »Es ist natürlich nicht schön, wenn man weinen muß und keine Freunde hat, die einen trösten können«, begann Brian schließlich aufs neue. »Aber... aber... ich...«, stotterte er, »... ich meine... ich bin doch jetzt da... und eigentlich...«

Es war, als hätten Brians Worte eine Schleuse geöffnet, die dem Druck, der auf sie einwirkte, nicht länger standhalten konnte. Zacks Körper bäumte sich auf, dann sank er in sich zusammen. Er kreuzte die Arme vor seinem Kopf und stützte die Ellenbogen auf seine Knie. Zugleich stieß er hohe, jammervolle Laute aus.

Brian legte seine Arme um den Oberkörper des Jungen und zog ihn zu sich heran. Er streichelte ein wenig schüchtern über Zacks dichtes braunes Haar. »Weine nur, Zack. Das tut gut. Wein soviel du kannst. Und ich verspreche dir, ich bleibe, bis du mit Weinen fertig bist. Und wenn du willst, auch noch länger. Dafür hat man Freunde – ein ganzes Leben lang.«

Zack war also wohlbehalten aufgefunden worden. Aber so wie sein Fortlaufen kein Problem gelöst hatte, tat seine Rückkehr allein dies auch nicht. Immer noch wartete Dr. Mike darauf, daß sich jemand auf die veröffentlichten Suchanzeigen meldete, aber die Hoffnung darauf sank von Tag zu Tag.

Nachdem Zack im Kreis von Michaelas Familie zunächst bedeutende Fortschritte im Verstehen von Wörtern und der Artikulation gemacht hatte, schien nunmehr eine Stagnation eingetreten zu sein, die Michaela fast sinnbildlich für die gesamte Situation zu sein schien.

Die Mehrzahl der Abende verbrachte die Ärztin damit, in ihren medizinischen Büchern, die sie sich aus der Praxis mitbrachte, zu lesen, um einen Hinweis auf die Ursache von Zacks Erkrankung zu finden. Tatsächlich deutete alles auf einen Hirnschaden durch Sauerstoffmangel während der

Geburt hin. Aber welcher Art der Schaden konkret war, hatte die Ärztin noch nicht herausgefunden.

Die Morgensonne erleuchtete das einzige Zimmer des kleinen Hauses. Colleen schob den Vorhang zur Seite, der die Schlafstätten der Kinder vom Wohnraum abtrennte. »Dr. Mike?« fragte sie. Dann schritt sie eilig auf den Tisch zu, der die Mitte des Zimmers einnahm.

Michaelas Kopf ruhte auf dem aufgeschlagenen Medizinbuch, das auf der Tischplatte lag. Ihre Brust hob und senkte sich unter gleichmäßigen Atemzügen.

Das Mädchen faßte die Ärztin vorsichtig an den Schultern. »Dr. Mike! Dr. Mike! Hast du etwa die ganze Nacht hier am Tisch gesessen?«

Michaela richtete sich schlaftrunken auf. »Ich ... ich muß wohl eingeschlafen sein. Gestern abend ...« Sie rieb sich die müden Augen.

»Was liest du denn da?« fragte Colleen und zog eines der Bücher, die auf dem Tisch lagen, ein Stück näher heran.

»Ich versuche etwas über Zack herauszubekommen«, antwortete die Ärztin. »Ich möchte ihm gerne helfen.«

»Was hat er denn eigentlich?« fragte Colleen.

Michaela zuckte die Schultern und erhob sich. Ihre Muskeln quittierten bereits jetzt die Nacht, die sie in so ungesunder Haltung verbracht hatte. Sie ging ein wenig hin und her und versuchte, die Anspannungen der Rückenmuskulatur zu lösen. »Wenn ich das nur wüßte!« antwortete sie auf Colleens Frage. »Er hat wohl einen Geburtsschaden davongetragen, eine Schädigung des Gehirns durch mangelnde Sauerstoffzufuhr. Aber ich weiß beim besten Willen nicht welche! Und solange ich das nicht weiß, kann ich ihm auch nicht helfen. Es ist nicht wie bei einer Verletzung, die man nähen kann, oder einem gebrochenen Bein, das man schient.« Im Herumgehen ergriff sie nahezu automatisch Brians Jacke, die der Junge am vorangegangenen Abend, wie so häufig, auf der Kommode abgelegt hatte, und faltete sie ordentlich zusammen. »Und es ist möglicherweise auch keine Krankheit, die man heilen kann. Hoppla, was ist denn das?« Aus Brians Jacke segelte ein zusammengefaltetes Papier. Michaela bückte sich danach und faltete es auseinander. In ihrem Gesicht zeichnete sich deutlich das wachsende Erstaunen über das Fundstück ab. »Hat Brian das gemalt?« fragte sie ungläubig, nachdem sie die Zeichnung einen Augenblick betrachtet hatte.

Colleen warf einen kurzen Blick darauf. Es war das Pferdebild, das sie bereits aus der Schule kannte. »Ja. Es ist sehr hübsch, nicht wahr? Mrs. Olive hat es neulich der ganzen Klasse gezeigt.«

Michaela betrachtete das Bild mit tiefer Bewunderung. »Es ist doch eigenartig«, sagte sie, »daß man manchmal durch den Trubel rundherum von den Menschen, die einem am nächsten stehen, so wenig mitbekommt. Ich hätte nie gedacht, daß Brian so gut zeichnen kann. Ehrlich gesagt, was ich sonst an Pferden von ihm gesehen habe, hat mich eher an Schweine auf Stelzen erinnert und...«

Ein Klopfen an der Tür unterbrach die Ärztin. Michaela sah auf. Mit einem Ausdruck des leichten Bedauerns faltete sie das Bild wieder zusammen und verstaute es in einer Schublade der Kommode, in der sie ihre persönlichen Dinge aufbewahrte. Dann ging sie, um zu öffnen.

Draußen stand Myra, das Mädchen aus dem Saloon. Für

einen kurzen Moment überlegte die Ärztin, ob Myra schon oder noch wach war, denn für gewöhnlich arbeitete sie bis tief in die Nacht. Aber letzten Endes spielte das keine Rolle. Es mußte einen besonderen Grund geben, warum sie in aller Herrgottsfrühe hier heraus kam, anstatt in der Stadt darauf zu warten, daß die Ärztin ihre Praxis öffnete.

»Guten Morgen, Myra«, begrüßte Michaela die junge Frau. »Ist etwas Besonderes geschehen?«

»Etwas Besonderes... nun ja.« Myra druckste sichtlich herum. »Ich komme wegen... wegen Zack.«

»Wegen Zack?« wiederholte Michaela überrascht und trat zu dem Gast auf die Veranda hinaus. Was immer es zu besprechen gab, sie mußte sicherstellen, daß Zack, der hinter dem Schlafvorhang möglicherweise schon wach war, nichts davon mitbekam.

»Ja, er ist ja jetzt schon einige Tage bei Ihnen, und ich denke, er muß doch eine... eine ziemliche Last sein«, antwortete Myra. »Schließlich haben Sie ja auch Ihre Arbeit. Ich wollte Ihnen meine Hilfe anbieten und ihn für eine Zeitlang zu mir nehmen.«

Beim besten Willen gelang es der Ärztin einfach nicht, ihre Überraschung zu verbergen. »In den Saloon?« fragte sie. »Myra, Ihr Angebot ist furchtbar nett, aber ich weiß nicht, ob der Saloon der richtige Platz für Zack ist. Selbst wenn er dort geboren wurde, aber...«

Auf Myras offenem Gesicht malte sich Enttäuschung ab. »Oh, bitte, Dr. Mike, Sie müssen mir vertrauen. Ich werde bestimmt gut auf ihn aufpassen. Und er wird auch nichts sehen, was er nicht sehen soll. Ich habe selbst jüngere Geschwister und ich finde auch...«

»Wissen Sie, Myra«, unterbrach die Ärztin das Saloonmädchen sanft. Sie drehte ein wenig nervös am oberen Knopf ihrer Bluse. »Ich habe Vertrauen zu Ihnen, großes Vertrauen sogar. Ich werde nie vergessen, wie Sie damals bei der Grippeepidemie geholfen haben. Sie haben wirklich ein großes Herz ... Aber was ist mit Hank?« Michaela sah Myra fragend an. »Er hält Zack für einen Idioten, so wie die meisten Leute in der Stadt. Ich glaube nicht, daß er ihn in seiner Nähe dulden wird.«

»Doch, Dr. Mike, das wird er.« Myra trat ungeduldig von einem Fuß auf den anderen. »Es ist sogar so, daß Hank diese Idee hatte. Weil sich doch bisher niemand von Zacks Verwandten gemeldet hat. Und vielleicht meldet sich ja auch niemand mehr. Vielleicht hat Zack ja gar keine Verwandten.«

Michaela betrachtete forschend das Gesicht der jungen Frau. Es war Myra anzusehen, daß ihr die ganze Sache unangenehm war – und zwar weniger der Umstand, daß sich die Ärztin so eingehend nach den zu erwartenden Lebensumständen für Zack erkundigte, sondern eher die Tatsache, daß diese Idee von Hank selbst stammte. Und welches Vertrauen die Ärztin in Hank setzte, wußte Myra wohl gut genug.

»Hank könnte Zack Arbeit im Saloon geben. Es gibt immer so viel zu tun – natürlich nicht in den Zimmern, nur im Schankraum: Gläser spülen, die Tische abwischen und den Boden kehren«, zählte Myra an ihren Fingern auf.

Die Ärztin verschränkte die Arme. »Myra, wenn es Hank darum geht, eine kostenlose Arbeitskraft zu bekommen ...«

»Nein, nein, Dr. Mike, das ist es nicht. Ganz bestimmt nicht«, wehrte Myra ab. »Hank will Zack bezahlen. Und er will ihm auch das Gefühl geben, zu etwas nütze zu sein. Bitte, Dr. Mike«, bat Myra wieder inständig. »Vertrauen Sie mir! Er braucht doch einen Platz, wo er hingehört. Hier bei Ihnen... Sie haben doch auch nur dieses eine Zimmer.« Sie verstummte plötzlich. Zack schob sich wortlos um den Türpfosten herum auf die Veranda. Er blickte mit seinen großen, dunklen Augen zwischen Myra und der Ärztin hin und her.

»Hallo, Zack«, sagte Myra. Ihre Stimme klang freundlich und warm. Und Michaela empfand die feste Überzeugung, daß sich das Saloonmädchen nicht verstellte. Vermutlich wußte Myra, wie es ist, am Rande der Gesellschaft zu stehen, und konnte gut nachempfinden, was Zack durchmachte. Nein, was Myra betraf, so hatte die Ärztin keine Bedenken, daß sie nicht gut für Zack sorgen würde!

Michaela beugte sich zu Zack herab. Sie wußte, daß ihr nun eine schwere Aufgabe bevorstand, die für sie selbst einen Verzicht bedeutete. Andererseits konnte sie Zack niemals mehr als ein Zuhause auf Zeit bieten. »Zack«, begann sie und mußte sich räuspern, bevor sie fortfahren konnte. »Zack, das ist Miß Myra. Sie hat gefragt, ob du zu ihr kommen und bei ihr wohnen möchtest. Sie arbeitet bei Hank im Saloon.«

Bei dem Wort »Saloon« glitt eine kaum merkliche Bewegung durch Zacks Gesicht. Er schien zu verstehen.

»Miß Myra sagt, du kannst auch im Saloon arbeiten und sogar dein eigenes Geld verdienen«, fuhr Michaela fort. »Möchtest du das, Zack?«

Der Junge sah die Ärztin an, dann deutete er mit seinem Kopf in den Innenraum des Hauses.

»Du kannst es für eine Weile ausprobieren, Zack«, fuhr Michaela fort. »Und wenn du merkst, daß du dich dort nicht wohl fühlst, kommst du einfach zu uns zurück.«

Zack sah zu Myra auf, und die zart gebaute junge Frau lächelte dem verwirrten Knaben zu. Seine dunklen Augen wanderten ein paar Mal zwischen den Frauen hin und her, dann nickte Zack langsam und ernst.

6

Stille Wasser

Es fiel der Ärztin nicht leicht, den Jungen an diesem Morgen vor dem Saloon zu verabschieden. Obwohl Myra tatsächlich Michaelas Vertrauen genoß, hatte sie doch massive Zweifel daran, daß Hank der richtige Arbeitgeber für Zack war. Dennoch blieb unter den herrschenden Umständen zur Zeit nichts anderes übrig, als den Versuch zu wagen. Allerdings wollte die Ärztin darauf achten, daß Hank stets der Unterschied zwischen Arbeitgeber und Vormund bewußt blieb. Auch wenn die Frage, wer eigentlich für Zack bis zu seiner Volljährigkeit verantwortlich sein sollte, im Moment noch ungeklärt war. Eine Beruhigung war Michaela immerhin, daß der Saloon schräg gegenüber von ihrer Praxis lag und sie dadurch stets ein Auge auf die Abläufe dort richten konnte.

Nachdem Zack mit Myra im Inneren des Saloons verschwunden war, drehte sich Michaela abrupt um. Sie konnte sich nun für einen kurzen Augenblick unbeobachtet ihren Gefühlen überlassen, denn sie hatte den verschlossenen Zack in dieser kurzen Zeit mehr ins Herz geschlossen, als sie es für möglich gehalten hatte. Dann aber wurde es Zeit, sich wieder der Zukunft und ihren Aufgaben zu widmen. Das Leben ging weiter, und dazu gehörte, wie sie an dem heutigen Morgen erkannt hatte, sich schon einmal ein wenig um Brians Zukunft zu kümmern.

Die Ärztin betrat die kleine Poststation des Ortes. Horace, der baumlange Telegraphenbeamte, lehnte über dem Kundentresen und blätterte in der Stadtzeitung von Denver, die mit der letzten Postkutsche in Colorado Springs eingetroffen war. Als er die Ärztin bemerkte, ließ er das Journal eilig unter der Tischkante verschwinden.

»Oh, guten Morgen, Dr. Mike.« Sein längliches Gesicht zeigte wieder einmal die seltsame und für Horace so typische Mischung aus Erstaunen und Verlegenheit. Er schien sich pausenlos entschuldigen zu wollen. Dabei zählte Horace nach Michaelas Meinung zu den aufrichtigsten und sympathischsten Bewohnern der kleinen Stadt.

»Guten Morgen, Horace«, antwortete Michaela und stellte ihre Arzttasche auf dem Tresen ab. »Haben wir schon Neuigkeiten? Ich meine, wegen der Anzeige?«

Horace schüttelte bedauernd den Kopf. »Nein, leider nicht. Weder aus St. Louis noch aus Denver, Jefferson City oder Springfield.«

Die Ärztin sah den Postbeamten überrascht an. »Aus Jefferson City? Aber dort haben wir meines Wissens doch gar kein Telegramm hingeschickt?«

»Wissen Sie, Dr. Mike«, begann Horace umständlich, »ich habe mir gedacht, in je mehr Städten man sucht, desto besser für den Jungen. Und bei meinen Verbindungen – im wahrsten Sinn des Wortes, meine ich«, fügte er hinzu und warf einen Blick zu seinem Arbeitsplatz hinüber, wo das Morsegerät auf der blankpolierten Schreibtischplatte stand.

Ein Lächeln überzog Michaelas Gesicht. Es waren doch wirklich immer die gleichen Leute, auf deren sinnvolle Anteilnahme man sich am besten verlassen konnte. »Sie haben recht, Horace«, sagte sie. »Und ich danke Ihnen in Zacks Namen.« Dann öffnete sie ihre Tasche. »Aber zum Glück haben Sie ja auch noch einige zahlende Kunden. Hier.« Sie reichte dem Postbeamten eine Papierrolle, auf der der Empfänger bereits vermerkt war. »Bitte schicken Sie das nach Denver. Es geht an Miß Mary Wellman an der dortigen Kunstschule.«

Horace nahm die Sendung diensteifrig entgegen. »Wird gemacht, Dr. Mike.«

Michaela wollte bereits gehen, doch auf der Schwelle der Poststube drehte sie sich noch einmal um. »Und bitte, Horace, sobald Sie etwas hören, wegen Zack...«

»... gebe ich Ihnen sofort Bescheid«, vervollständigte Horace den Satz, und seine Augen leuchteten vor Freude über die Bedeutung seiner Person in dieser Mission. »Darauf können Sie sich verlassen, Dr. Mike!«

Unterdessen drückte Hank seinem neuen Gehilfen einen Besen in die Hand. »Hier«, sagte er mit seiner bekannt rauhen Stimme. »Zuerst kehrst du den Boden, dann wischst du die Tische ab, und dann kommst du zu mir an die Theke, um Gläser abzutrocknen. Wenn du damit fertig bist, bringst du den Mülleimer raus. Und die Spucknäpfe sind auch deine Arbeit, kapiert?«

Es war Zack deutlich anzusehen, daß Hanks Stimme ihn einschüchterte. Der Saloonbesitzer klang so ganz anders als die freundliche Myra, die Zacks Umzug in den Saloon bewirkt hatte. Aber anstatt die Augen zu senken, wie Zack es üblicherweise tat, sah er Hank unverwandt an. Dann nickte er und begann mit seiner Arbeit.

»Was ist?« fragte Hank in die Runde seiner an den Tischen sitzenden Kunden. Das allgemeine Gespräch war verstummt. Jeder hatte Hanks Worten an den Jungen gelauscht. »Was guckt ihr denn so dämlich? Es ist immerhin besser, er macht sich nützlich, als daß er herumlungert und Maulaffen feilhält.«

Noch immer erfüllte tiefes Schweigen den Raum.

Loren Bray räusperte sich schließlich. »Also, Hank, bei allem Verständnis«, begann er. »Aber ein Idiot im Saloon...«

Hank ergriff eines der Tücher und begann gleichgültig damit, ein Glas abzutrocknen. Dann grinste er den Kaufmann breit an. »Was soll das schon heißen, Loren, ›ein Idiot im Saloon‹.« Er lehnte sich über den Tresen seinem Gast entgegen. »Er ist ja nicht der erste...«

Michaela verließ in wesentlich besserer Laune die Poststation als sie sie betreten hatte. Über kurz oder lang mußte eine Nachricht aus Denver kommen – wenn auch wahrscheinlich nicht in der Angelegenheit, die Zack betraf, als vielmehr in der anderen Sache, die die Ärztin heute morgen initiiert hatte.

Es war einer von Michaelas schnellen Entschlüssen gewesen, aber die Ärztin war sich sicher, daß sie richtig gehandelt hatte. Wenn Brian im Moment auch noch sehr jung war und erst noch ein paar Jahre die kleine Schule von Colorado Springs besuchen würde, war es trotzdem sicher nie zu früh, um sich über die Zukunft eines begabten Kindes Gedanken zu machen.

»Guten Morgen, Dr. Mike.« Sully überquerte die staubige Straße und kam auf Michaela zu, die soeben die Stufen der kleinen Poststation hinunterstieg. Es schien, daß seine Augen beim Anblick der Ärztin leuchteten. »Gibt es Neuigkeiten wegen Zack?« fragte er mit einer Kopfbewegung zur Poststation.

»Leider nein«, antwortete Michaela. »Oder vielleicht doch: Sully, ich ... ich hoffe, ich habe keinen Fehler gemacht«, begann sie. »Zack arbeitet jetzt bei Hank. Und er wohnt auch dort.« Wie ein Kind mit schlechtem Gewissen, sah sie Sully von unten herauf an. »Es ... es ging kaum noch anders. Du kennst unsere Wohnumstände, es reicht kaum für alle ...«

»Du solltest dir deswegen keine Vorwürfe machen«, unterbrach Sully sie. »Solange Zack im Saloon kein Unrecht geschieht, ist alles in Ordnung. Wir sollten nur öfter nach ihm sehen. Vielleicht könntest du Brian von Zeit zu Zeit hinüber schicken – auch wenn du deinen jüngsten Sohn nicht gern im Saloon siehst«, wehrte er Michaelas Einwand ab, zu dem sie gerade Luft holen wollte. »Brian ist Zacks Freund, er hat ein gutes Gespür für ihn. Er hat auch mit ihm geredet, nachdem er weggelaufen war und wir ihn in Rubys Hütte gefunden haben. Ich habe bei der ganzen Sache kein Wort gesagt. Ich habe nur zugesehen, wie sie zusammen in dem alten Schrank saßen.«

Michaela biß sich nervös auf die Unterlippe. »Vielleicht hast du recht«, sagte sie schließlich. »Vielleicht sollten wir vorerst nur abwarten, was passiert.« Dann sah sie auf, und ihr Gesicht strahlte plötzlich wieder. »Apropos Brian: Ich habe heute morgen ein Bild gefunden, das er gezeichnet hat. Es ist ... ja, ich möchte fast sagen, es ist meisterhaft. Ich wußte gar nicht, wie begabt der Junge ist. Aber stille Wasser sind ja manchmal tief. So hat Mrs. Olive es jedenfalls ausgedrückt.«

»Tatsächlich?« fragte Sully. Sein Gesicht bekam einen skeptischen Ausdruck. »Es würde mich ja freuen. Aber ehrlich gesagt habe ich nie gesehen, daß Brian zeichnet. Bist du sicher, daß das Bild von ihm stammt?«

»Von wem denn sonst?« fragte die Ärztin zurück. »Er muß es in der Schule angefertigt haben. Jedenfalls hat Mrs. Olive es auch gesehen. Sie hat es der ganzen Klasse gezeigt, und sie hat es auch sehr gelobt.«

Sully betrachtete die Ärztin nachdenklich. Vor seinem geistigen Augen lief die Szene zwischen Brian und Zack in dem dämmerigen Haus nochmals ab: Brians Worte, Zacks Schweigen und das Stück Holz, auf dem sich eine Holzkohle-Zeichnung befand. »Könnte es nicht trotzdem sein, daß das Bild gar nicht von Brian stammt? Daß er es zum Beispiel nur gefunden hat?«

Michaela schüttelte den Kopf. »Das kann ich mir nicht vorstellen. Das hätte er Mrs. Olive bestimmt gesagt, anstatt sich mit fremden Federn zu schmücken. Nein, nein, ich bin von seinem Talent fest überzeugt«, fuhr Michaela ohne einen Zweifel in ihrer Stimme fort, und ihr Gesicht strahlte vor Freude über die Begabung ihres Pflegesohnes. »Ich möchte, daß Brian gefördert wird. Darum habe ich heute morgen die Zeichnung mit der Post an die Kunstschule in Denver geschickt. Und ob Brian nun wirklich Talent hat oder nicht, wird sich spätestens bei seiner Aufnahmeprüfung herausstellen.«

Sully sah die Ärztin einen Moment lang nachdenklich an.

Er war mit sich selbst im Widerstreit. In was hatte sich Brian da hineinmanövriert? Und warum? Oder war das alles nur ein unglückliches Zusammentreffen? Vielleicht konnte Brian ja tatsächlich zeichnen... »Ja, spätestens dann wird es sich herausstellen«, sagte er schließlich.

Bis dahin blieb allen Beteiligten nur eins übrig: abzuwarten.

Brian von Zeit zu Zeit in den Saloon herüberzuschicken, so wie Sully es der Ärztin vorgeschlagen hatte, erwies sich als gar nicht weiter notwendig. Sobald er aus der Schule kam, lenkte der Junge von selbst seine Schritte zum Saloon, wo Zack gerade damit beschäftigt war, den Boden der hölzernen Veranda zu kehren. Als er aufsah und Brian erkannte, glitt ein Lächeln über sein Gesicht.

»Hallo, Zack!« rief Brian schon von weitem. »Wie geht es dir? Gefällt es dir hier?« Sobald er auf der Veranda angekommen war, stellte er sich auf die Zehenspitzen und reckte sich, um über den Rand der Schwingtür hinweg einen Blick in den Saloon zu erhaschen. »Miß Myra ist wirklich hübsch, findest du nicht auch?«

Jetzt lächelte Zack wirklich, und er nickte bestätigend mit dem Kopf.

»Hier, die gibt's bei Loren Bray.« Brian zog zwei rosafarbene Bonbons aus der Tasche und reichte eines davon Zack. »Sie heißen Saure Drops.« Er verzog bereits das Gesicht. Die Bonbons hatten ihren Namen augenscheinlich verdient. »Nur als kleiner Tip. Du verdienst ja jetzt Geld.« Er wartete, bis Zack sein Bonbon ebenfalls in den Mund gesteckt hatte, dann verabschiedete er sich wieder von seinem Freund.

Zack sah ihm hinterher. »Danke«, formten seine Lippen kaum hörbar. Doch Brian war schon fast auf der anderen Straßenseite.

In diesem Moment verließen zwei Kunden des Saloons das Etablissement. Offenbar gehörten sie zu den wenigen Abenteurern, die noch immer rund um das Gebiet des Colorado nach Gold suchten. Es war durchaus üblich, daß diese Art von Männern mehr als ein Goldstück im Saloon ließen und sie ihre Schritte nach dem Besuch der Schankstube deutlich weniger sicher setzten als zuvor. Und durchaus üblich war es auch, daß im Kreise dieser Gäste gern Ärger vom Zaun gebrochen wurde, der schließlich in Handgreiflichkeiten endete. Der Alkohol enthemmte die Männer, und auch jetzt hielt der Mann mit dem Schnurrbart noch eine Whiskeyflasche in der Hand, deren Inhalt offenbar als Wegzehrung dienen sollte.

»Hoppla«, schrie er und strauchelte, konnte sich jedoch auffangen. Er war im Vorübergehen über Zacks Besen gestolpert. Sobald seine Füße wieder Halt hatten, sah er sich um. »He, Idiot, paß gefälligst besser auf mit deinem Besen!«

»Idiot?« lallte der andere, der einen mit Goldstücken besetzten Gürtel trug. »He, Kleiner, hast du das gehört, er hat Idiot zu dir gesagt. Läßt du dir das etwa gefallen?«

Zack blickte die schwankenden Männer einen Augenblick wortlos an. Dann nahm er seinen Besen und kehrte in einer anderen Ecke der Veranda weiter.

»Er hat Idiot zu dir gesagt«, fing der Mann wieder an. »Willst du dich nicht wehren? Du bist doch keiner, oder?«

Der Tonfall des Mannes wurde bedrohlich. Zacks Schultern hoben sich unwillkürlich an.

»Oder etwa doch?« Jetzt war es wieder der Mann mit dem Schnurrbart, der diese Frage an Zack richtete. »Bist du vielleicht doch ein Idiot und kannst nicht reden?«

»Antworte gefälligst, wenn Erwachsene mit dir sprechen!« Der Mann mit dem Goldgürtel packte Zack am Westenaufschlag und zog ihn zu sich heran. Sein von Alkohol geschwängerter Atem schlug Zack penetrant entgegen. »Wozu hast du einen Mund?« Er schüttelte Zack. Aber der Junge blieb stumm.

»Der ist wirklich ein Idiot. Reden kann er jedenfalls nicht«, stellte der andere Mann fest.

»Ach, er ist ein Idiot und kann nicht reden«, sagte der Mann mit dem Goldgürtel mit gefährlich sanfter Stimme. Er zog Zacks Westenaufschlag noch ein Stück höher. »Was kann er denn, unser Idiot? Zu irgend etwas muß er doch nützlich sein? Vielleicht zur Belustigung der Gäste? Dann soll er uns mal ein bißchen unterhalten.«

In diesem Moment fuhr Hanks mächtige Hand auf die Schulter des Betrunkenen nieder. »Laß den Jungen in Ruhe!«

»Hey!« setzte sich der Mann zur Wehr. »Wir machen doch gar nichts! Wir wollten nur mal sehen, ob so ein Idiot ein bißchen Spaß verträgt. Das ist doch wohl nicht verboten, oder?« Er machte Hanks Hand mit einer heftigen Bewegung von seiner Schulter los.

»Wenn du Spaß willst... den kannst du haben!« Hanks Faust fuhr ohne zu zögern in das Gesicht seines Gastes.

Der Mann kippte nach hinten weg, fand sein Gleichgewicht im letzten Moment jedoch wieder. Er schüttelte kurz den Kopf, wie ein Hund, der sich das Wasser aus dem Fell schüttelt. »Na warte«, raunte er atemlos, dann warf er sich mit einem Hechtsprung dem Saloonbesitzer entgegen.

Im Handumdrehen versammelten sich die Leute der kleinen Stadt um die streitenden Männer. Auch Michaela trat vor die Tür ihrer Praxis. »Halt, aufhören!« rief sie. »Warum bringt sie denn niemand auseinander?« Sie wollte sich schon auf die Kampfhähne stürzen.

Aber Sully hielt sie zurück. »Das ist nichts für dich, Dr. Mike.«

Hank wälzte sich mit seinem Gegner im Staub der Straße. Er gewann gerade die Oberhand, als sich der Kumpan des Betrunkenen taumelnden Schrittes näherte. In den Händen hielt er noch immer die Whiskeyflasche, die er jetzt langsam erhob, um sie Hank über den Kopf zu ziehen.

»Achtung, Hank, hinter dir!« rief Sully. Dann erfüllte ein flatterndes Geräusch die Luft. Augenblicke später zersprang die Whiskeyflasche in tausend Scherben. Sullys Tomahawk blieb leise zitternd in einem Stützpfosten der Veranda stecken.

»Schweine!« schrie der Mann mit dem Schnurrbart. In seiner Hand schwenkte er das, was von der Flasche übriggeblieben war: ein Stumpf mit messerscharfen Zacken. »Ihr seid doch alle Idioten!« Damit wollte er sich auf Hank stürzen.

Doch Hank fuhr schnell genug herum. Ein gezielter Kinnhaken traf den Betrunkenen, dann herrschte für einen Augenblick Ruhe. »Los, verschwindet«, japste Hank atemlos. »Und laßt euch hier nie mehr blicken. Sonst...«

Er mußte den Satz nicht mehr beenden. Die Männer rappelten sich bereits mühsam auf und wankten zu ihren Pferden. Mit äußerster Mühe zogen sie sich in die Sättel.

Hank blieb allein auf dem Kampfplatz zurück. Blut quoll ihm aus der Nase und aus dem Mundwinkel. »Sonst... bekommt ihr es mit mir zu tun«, setzte er kaum hörbar hinterher.

7

Der Vater des Idioten

Hank saß auf Dr. Mikes Behandlungsliege. Sein rechtes Augenlid war trotz der Kompressen, die die Ärztin aufgelegt hatte, bereits bedrohlich angeschwollen. Und auch die Lider seines linken Auges zogen sich nun ein wenig zusammen, als Michaela mittels einer Tamponade die Blutung der Nase zu stillen versuchte.

Michaela bemerkte sein verkniffenes Gesicht. Sie hatte Hanks Blessuren schon öfter behandelt, wenn es im Saloon wieder einmal zu einer handgreiflichen Abrechnung gekommen war. Aber heute hatte sie zum ersten Mal Mitleid mit dem Patienten.

»Es ist gleich vorbei«, tröstete sie den Mann mit den langen blonden Haaren. »Sie haben Glück gehabt. Es hat nicht mehr viel gefehlt, und Ihr Gast hätte Ihnen das Nasenbein gebrochen.«

»Berufsrisiko.« Hank zuckte die Schultern. »In einem Saloon gibt es immer mal wieder Leute, die Streit suchen.«

Die Ärztin holte die blutige Tamponade hervor und legte sie beiseite, bevor sie eine neue nahm und die Prozedur wiederholte. Sie beobachtete Hank aus dem Augenwinkel. Im Schein der Lampe zeichnete sich sein Profil ab. Die Ärztin erinnerte sich daran, daß ihr irgend etwas an Zack bekannt vorgekommen war, als sie ihn das erste Mal gesehen hatte. Jetzt schien sie der Erinnerung ein Stück näherzukommen.

»Ich hätte nicht erwartet, daß Sie sich so für Zack einsetzen würden«, sagte sie zu ihrem Patienten.

»Er ist mein Angestellter«, antwortete Hank ungerührt. »Und um das Personal muß man sich kümmern – ob es die Mädchen sind oder der Junge.«

Michaela öffnete eine Flasche und kippte ein wenig Alkohol auf ein Tuch. »Ist das alles?«

»Wie meinen Sie das?« entgegnete Hank.

»Gibt es nicht noch mehr Gründe dafür, daß Sie Zack verteidigt haben?« forschte Michaela und drückte das Tuch auf eine Schramme an Hanks Stirn.

Hank gab ein zischendes Geräusch von sich. Der Alkohol brannte in der offenen Wunde. »Sie sollen mich verarzten«, antwortete der Saloonbesitzer, »nicht ausquetschen.« Allerdings klang seine Stimme wesentlich weniger sicher als seine Worte.

Michaela betupfte noch einige weitere Schrammen. Dann setzte sie das Tuch ab und sah Hank mit festem Blick an. »Sie sind sein Vater, nicht wahr?«

»Wie kommen Sie denn auf diesen Unfug?« antwortete Hank lässig.

»Es ist kein Unfug«, entgegnete die Ärztin bestimmt. »Sie haben Jake dazu gebracht, Zacks Haare zu schneiden, obwohl er sich zuerst geweigert hat. Als Zack weglief, sind Sie losgeritten, um ihn zu suchen – auch wenn Sie das Myra und uns anderen gegenüber nicht zugeben wollten. Sie gaben ihm sogar Arbeit und ein Dach über dem Kopf. Und jetzt haben Sie sich noch seinetwegen geprügelt.« Sie baute sich vor ihrem Patienten auf und stützte die Arme in die Hüften. »Und Sie gehören sonst nicht zu denen, die in der ersten Reihe stehen, wenn es ans Helfen geht.« Ob sie wollte oder nicht, die Worte sprudelten nur so aus ihr heraus. Das war der passende Moment, um dem Saloonbesitzer einmal einiges von dem zu sagen, was sie ihm schon lange hatte sagen wollen.

Jetzt sah Hank sie unverwandt an – soweit das mit seinem rechten Auge, das mittlerweile vollkommen zugeschwollen war, überhaupt ging. An seiner linken Stirnseite traten vor unterdrücktem Zorn die Adern hervor. »Wenn Sie es so genau wissen, wieso fragen Sie mich dann noch?« fragte er grollend. Er schnippte eine Dollar-Münze auf die Behandlungsliege und stand auf. »Reicht das?« fragte er.

Aber Michaela ließ sich nicht ablenken. »Warum haben Sie ihn allein gelassen?« drang sie in den Saloonbesitzer.

»Er war nicht allein«, antwortete Hank ungeduldig. »Ruby war bei ihm. Ich habe diesen Platz für ihn gefunden, nachdem seine Mutter gestorben war. Und vom ersten Tag seiner Geburt an habe ich dafür bezahlt, daß er etwas zu essen und Kleider hatte.«

»Geld allein reicht aber nicht«, erwiderte Michaela. »Und eine alte Frau wie Ruby ist mit einem solchen Jungen restlos überfordert. Warum haben Sie ihn nicht bei sich behalten?«

Hank ergriff bereits die Türklinke. »Weil es nicht ging«, antwortete er. »Ich habe meine Arbeit. Und die Leute in der Stadt... Sie sehen doch, wie sie mit ihm umgehen und wie sie über ihn sprechen. Glauben Sie wirklich, daß er es hier besser gehabt hätte als bei Ruby? Okay, sie war eine alte, abgewrackte Hure, das ist wahr. Aber sie hat den Jungen geliebt.«

»Offenbar ganz im Gegensatz zu Ihnen«, erwiderte die Ärztin barsch. »Sie können mir nicht erzählen, daß Sie Zack weggegeben haben, um ihn zu schützen. Sie wollten sich selbst schützen, denn was soll man über einen Vater sagen, der einen Idioten zum Sohn hat?« Sie war unerwartet scharf geworden.

Aber auch Hank war jetzt vor Wut bleich. »Ich mache Ihnen einen Vorschlag, Doc«, sagte er, und Michaela bemerkte, daß seine Stimme zitterte. »Wir teilen uns die Schuld. Wenn Sie schon immer alles besser machen als andere, dann hätten sie gefälligst auch damals schon hier sein können. Ich hätte Sie gerne um Rat gebeten.« Er wandte sich um und öffnete die Tür. »Und was die Sache mit der Liebe betrifft.« Er fixierte die Ärztin mit seinem einen halbwegs offenen Auge. »Ich habe nicht das Gefühl, daß ausgerechnet Sie wissen, worüber Sie da überhaupt reden.«

Obwohl Schlägereien unter den Gästen des Saloons keine Seltenheit waren, brauchten die Einwohner der kleinen Stadt immer eine Weile, bis sich die Gemüter wieder beruhigt hatten. Zumindest hielten sich solche Ereignisse noch eine Weile als Gesprächsstoff der Leute. Und das Forum der allgemeinen Diskussion war wie üblich Loren Brays Gemischtwarenladen.

»Es muß etwas geschehen«, sagte Loren Bray kopfschüttelnd und schrieb eine Zahl unter seine Addition. »Der Junge macht uns hier nur Ärger.«

»Nun ja, ob es ausgerechnet der Junge ist, der den Ärger macht...«, wandte Mrs. Olive ein. »Aber Tatsache ist: Es gibt Ärger. Und Zack ist der Grund dafür.«

»Der Junge muß weg«, erklärte der Kaufmann und wischte etwas Mehlstaub von seinem Verkaufstresen. »Im Interesse der Allgemeinheit.«

»... und in seinem eigenen Interesse«, fügte Mrs. Olive hinzu.

Michaela bekam das Gespräch sehr wohl mit. Aber sie fühlte im Augenblick wenig Neigung, sich in die Unterhaltung einzumischen. Auch an ihr war der gestrige Tag nicht spurlos vorbeigegangen, allerdings unter einem anderen Aspekt. Sie war Hank gegenüber sehr heftig geworden. Ihr Temperament war wieder einmal mit ihr durchgegangen. Es war ihr unverständlich, wie ein Mensch sein eigenes Kind weggeben konnte. Doch erst nachdem Hank die Praxis verlassen hatte, war der Ärztin klargeworden, daß sie ihm etwas zum Vorwurf gemacht hatte, was sie selbst zuvor noch vehement verurteilt hatte: War sie nicht schockiert darüber gewesen, daß Zack einen Teil seiner Kindheit im Saloon verbracht hatte? Aber genau das hatte sie doch von Hank verlangt! Die Ärztin rieb sich unwillkürlich die Schläfen. In ihrem Kopf drehte sich alles. Das eine ging so wenig wie das andere, das war ihr mittlerweile klar. Aber was für eine Lösung blieb denn dann für den Jungen?

»Gibt es nicht Häuser für solche Leute?« mischte sich die Mutter einer Freundin von Colleen ins Gespräch. »Ich meine auch, da wäre Zack vielleicht besser aufgehoben als im Saloon.«

Michaela zögerte einen Moment. Sie hatte sich nicht einmischen wollen. Andererseits war sie ja diejenige gewesen, die Zack in die Stadt gebracht hatte. Jetzt konnte sie sich nicht so einfach wieder aus der Affäre ziehen.« »Wissen Sie, Mrs. Cartwright«, begann sie daher langsam. Sie kannte Mrs. Cartwright als eine aufrichtige Frau, die wirklich schon oft genug das Interesse aller Kinder der Stadt über ihre eigenen gestellt hatte. »Man hört viel Gutes über diese Häuser. Aber die Wahrheit sieht leider anders aus.« Die Ärztin bemerkte, daß unwillkürlich Stille im Laden eingetreten war. Alle Anwesenden schienen sich für dieses Thema zu interessieren. »Diese Häuser, die man auch Anstalten nennt, sind überfüllt und sehr schmutzig. Die Menschen dort leben unter den schrecklichsten hygienischen Bedingungen, und viele von ihnen werden angekettet. Wenn sie dann heulen und schreien, werden sie geprügelt oder mit Essenentzug bestraft. Sie werden schlechter behandelt als jeder Hund hier in Colorado Springs.« Sie sah sich unter ihren Zuhörern um. »Und das geschieht nicht, um die kranken Menschen zu heilen oder ihnen ein angemessenes Zuhause zu geben. Es geschieht allein, um den gesunden Menschen ihren Anblick zu ersparen.«

Im Laden herrschte betroffenes Schweigen.

»Gilt das auch für die von der Kirche getragenen Häuser?« schaltete sich Reverend Johnson jetzt ein. Er hatte im hinteren Teil des Ladens die zum Verkauf angebotenen Bücher durchgesehen.

»Für die von der Kirche getragenen Häuser gilt jedenfalls, daß sie noch weniger finanzielle Mittel zur Verfügung haben als die städtischen«, antwortete Michaela. »Die Kranken werden zwar besser behandelt, dafür sterben viele an Hunger und Entkräftung.«

»Wenn das so ist ... das wußte ich nicht«, sagte Mrs.

Cartwright betroffen. »O nein, um Himmels willen. Der arme Junge!«

»Kaum zu glauben!« Auch Mrs. Olive schüttelte fassungslos den Kopf. »Aber man muß doch etwas für ihn tun. Nur was?«

»Also, ich sehe einfach keine andere Möglichkeit«, mischte sich Loren wieder in das Gespräch. »Wo soll er denn hin? Er weiß nichts, er kann nichts und er stiftet Unruhe.«

»Das ist nicht wahr!« platzte Brian plötzlich heraus. Obwohl Michaela es gern verhindert hätte, hatte er das gesamte Gespräch über seinen Freund aufmerksam verfolgt. »Zack kann sehr wohl etwas. Er kann ganz toll zeichnen.«

»Zack kann zeichnen?« fragte Loren Bray. »Ich glaube, du träumst, Brian.«

»Nein, es ist wahr!« verteidigte sich der Junge. »Und er hat Talent. Das hat sogar Mrs. Olive gesagt. Sie hat ein Bild von ihm gesehen, eins mit Pferden!«

»Das Bild mit den Pferden?« Michaela zog überrascht die Augenbrauen hoch. »Aber... aber ich dachte, das hast du gemacht?«

»Nein, hab ich nicht«, entgegnete Brian. »Ich hab es nur gefunden und es mit in die Schule genommen. Und dann haben alle gedacht, es sei von mir.«

»Also, Brian«, begann Mrs. Olive. Sie neigte sich dem Jungen ein Stück entgegen. »Ich weiß, daß du einen guten Charakter hast. Und es ist auch sehr nett von dir, wenn du dich für deinen Freund einsetzt. Aber du darfst trotzdem nicht lügen.« Sie hob zur Unterstreichung ihrer Worte den Zeigefinger. »Auch wenn es in bester Absicht geschieht.«

»Ich lüge nicht«, erwiderte Brian tapfer. »Und ich habe auch vorher nicht gelogen. Aber mich hat ja niemand ausreden lassen und . . . «

»Brian, du machst es dadurch nicht besser«, sagte Michaela mit sanftem Tadel. Sie konnte es nicht mit ansehen, wie sich Brian in eine völlig absurde Geschichte verstrickte.

»Aber ich habe nicht gelogen!« rief Brian noch einmal, und die Tränen der Empörung standen ihm in den Augen. »Und ich werde es euch beweisen.« Damit drehte er sich um und lief davon.

Für einen Augenblick erschien vor Michaelas geistigem Auge die Anordnung aus Schere, Faden und Vogelfeder, die Zack bei der Untersuchung gelegt hatte, und die im Dämmerlicht der Praxis Michaela wie ein Gesicht erschienen war.

»Dennoch«, riß sie die Stimme des Reverends aus ihren Gedanken. »Mrs. Cartwright hat recht. Der Saloon ist nicht der richtige Ort für den Jungen. Es muß etwas für ihn getan werden. Er braucht Hilfe – von uns allen. Und je schneller, desto besser.«

Blind vor Wut und Enttäuschung darüber, daß man ihm nicht glaubte, stürzte Brian aus Loren Brays Laden. Schon von weitem sah er, daß Zack wieder einmal damit beschäftigt war, die Veranda des Saloons zu kehren.

»Zack! Zack!« rief Brian atemlos. »Du mußt etwas zeichnen, ganz schnell!«

Zack stützte sich auf seinen Besen und sah Brian überrascht an.

»Sie wollen dich wegschicken«, fuhr Brian fort. »Sie meinen noch immer, daß du dumm bist und nichts weißt und nichts kannst. Du mußt ihnen das Gegenteil beweisen, Zack. Zeichne etwas – irgend etwas!«

»Hey, hey!« Hank betrat die Veranda. »Brian, was soll die Quatscherei? Du hältst Zack von der Arbeit ab.«

»Aber er kann doch viel mehr als immer nur diese blöde Veranda kehren«, erwiderte Brian. »Er kann zeichnen. Ehrlich, ich hab's doch selbst gesehen!«

»Unfug, Brian«, entgegnete der Saloonbesitzer. »Laß ihn in Ruhe...« Er beendete den Satz nicht. Eine Gruppe Leute verließ Lorens Laden und bewegte sich langsamen Schrittes auf den Saloon zu.

»Ist was?« Hank sah irritiert in die Runde.

Mrs. Olive ergriff das Wort. »Wir kommen wegen Zack.«

»Wegen Zack?« fragte Hank. »Hat er etwas angestellt?«

»Nein, angestellt nicht gerade«, druckste Loren herum. »Wir... wir...«

»Wir haben lange darüber gesprochen«, sprang ihm der Reverend zur Seite. »Und wir sind alle der Meinung, daß Zack woanders besser aufgehoben wäre. Woanders als im Saloon, meinen wir.«

»Genau, wir wollen alle nur sein Bestes«, pflichtete Loren Bray bei. »Außerdem macht er nichts als Ärger, wenn er hier bleibt.«

Hank verschränkte die Arme. »Ich habe noch nicht gesehen, daß er Ärger macht«, antwortete er. »Und ich biete ihm das Beste, was man ihm geben kann: Ein Dach über dem Kopf und Arbeit.«

»Ja, ja«, mischte sich Mrs. Olive wieder ein. »Wenn Zack älter wäre... Aber er ist doch noch so jung, und es ist wirklich nicht gut für ihn, wenn er zwischen Whiskeyflaschen und... und diesen Damen aufwächst«, bog sie ihre Worte eilig ab, da sich in diesem Moment Myra zu ihnen auf die Veranda gesellte. Sie stellte sich hinter Zack und legte ihre Arme auf seine Schultern. »Es... es gehört sich einfach nicht«, fuhr Mrs. Olive mit bestimmter Stimme fort. »Dieser Ansicht sind wir alle. Auch Dr. Mike.«

Mit einer außerordentlich langsamen Bewegung drehte Hank der Ärztin seinen Kopf entgegen. Er sah sie erstaunt an.

»Nun ja.« Michaela rang ein wenig nervös die Hände. »Besser wäre es für den Jungen wohl schon, wenn er in geregelten Verhältnissen aufwachsen könnte.«

»Tatsächlich, Dr. Mike«, antwortete Hank, und aus seiner Stimme sprach Hohn und Sarkasmus. »Wie man seine Ansicht doch ändern kann! Der Junge bleibt hier und damit Schluß.« Er umfaßte Zacks Arm, um ihn mit sich in den Saloon zu ziehen.

»Und du denkst also, das kannst du ganz allein entscheiden?« rief Loren Bray.

Hank drehte sich sehr langsam zu den Leuten um, die vor seiner Veranda versammelt standen. Er sah jeden einzelnen von ihnen genau an. »Ja, das kann ich«, antwortete er schließlich. »Und dieses Recht werde ich mir von niemandem nehmen lassen.« Er machte eine lange Pause. »Ich bin sein Vater. Ich bin der Vater des Idioten.«

Hanks Worte trafen die Leute wie ein Blitz aus heiterem Himmel. Niemand sagte etwas. Betroffenes, verschämtes

Schweigen machte sich breit und die kleine Versammlung löste sich eilig auf, als hätte es nach dieser Entladung der Atmosphäre mit einem Mal zu regnen begonnen. Was gab es auch noch zu sagen?

Auch Michaela wandte sich ab und überquerte die Straße, um möglichst schnell zu ihrer Praxis zu gelangen. Sie fühlte sich beschämt. Gestern noch hatte sie Hank dafür verurteilt, daß er Zack nicht bei sich behalten hatte. Und jetzt hatte sie zu denen gehört, die ihn aufforderten, ihn wieder abzugeben. Selbst wenn sie bisher kein allzu großes Gewicht auf Hanks Meinung gelegt hatte – es war ihr peinlich, in welchem Licht sie ihm jetzt erscheinen mußte. Sie blieb einen Moment stehen und betrachtete den Staub der Straße zu ihren Füßen. Aber eins hatte sie daraus gelernt: Es war sicher leichter, eine falsche Entscheidung zu verurteilen als eine richtige Entscheidung zu fällen.

»Auch wenn Sie sich weiter Sorgen um Zack machen, Dr. Mike, sollten Sie froh sein, daß Hank es jetzt wenigstens zugibt.« Myra stand plötzlich hinter der Ärztin.

Michaela sah die junge Frau in dem dünnen Kleid an. »Sie haben es also gewußt?«

»Wir alle haben es gewußt«, antwortete Myra und sah zum Saloon hinüber. »Alle Mädchen, die dort arbeiten. Und wir alle haben Hank zugeredet, Zack zu sich zu nehmen. Ich selbst habe Zacks Mutter nicht mehr gekannt«, fuhr sie nach einer kurzen Pause fort. »Clarice arbeitete hier, bevor ich nach Colorado Springs kam. Sie war eben auch eine von uns, verstehen Sie?«

Michaela nickte. »Ja, ich verstehe.«

»Aber sie«, fuhr Myra fort, »war die einzige, die Hank je geliebt hat. Sehr sogar.«

Die Ärztin holte tief Luft. »Ich kann mir nicht vorstellen, daß Hank überhaupt in der Lage ist, einen Menschen zu lieben.«

»Ach, wissen Sie, Dr. Mike.« Myras Blick fixierte einen Punkt in weiter Ferne. »Es gibt so viele Arten zu lieben, wie es Menschen auf dieser Welt gibt. Keine ist besser als die andere, und wir sollten uns nicht anmaßen, darüber zu urteilen.«

Michaela sah die junge Frau an. Es war nicht das erste Mal, daß das Saloonmädchen die Ärztin durch Worte überraschte, die so einfach klangen und in denen eine solche Tiefe steckte, die andere vielleicht sogar als Weisheit bezeichnet hätten. »Vielleicht haben Sie recht, Myra«, gab Michaela zu. »Vielleicht sollten wir wirklich nicht urteilen.«

Auch an diesem Abend schickte Michaela die Kinder allein nach Hause voraus. Sie wollte etwas Ruhe haben, um nachzudenken, und es war klar, daß dazu in der kleinen Hütte draußen vor der Stadt kaum die Möglichkeit bestand.

Sully nahm die Kinder auf dem Wagen mit, nachdem er sich bei Michaela vergewissert hatte, daß sie tatsächlich willens war, den Fußmarsch zur Hütte später auf sich zu nehmen.

Brian half Sully, den Wagen abzuspannen, während sich Colleen im Haus um das Abendessen kümmerte. Der Junge löste nachdenklich das Zaumzeug vom Kopf des Pferdes. »Weißt du, Sully, das ist schon komisch«, begann er. »Heute haben wieder alle von Zack behauptet, daß er nichts weiß und nichts kann. Dabei stimmt das doch gar nicht. Eigentlich bin ich viel eher jemand, der nichts weiß und nichts kann.«

»Warum, Brian? Wie meinst du das?« fragte Sully.

Brian zuckte die Schultern. »Ich kann nicht reiten wie Matthew, ich kann kein Wild aufspüren wie du, und rechnen kann ich auch nicht besonders gut. Und jetzt habe ich schon wieder einen Fehler gemacht, obwohl ich das gar nicht wollte.«

Ohne zu antworten, setzte Sully sich auf den Holzklotz, der Matthew zum Hacken des Brennholzes diente, und zog den Jungen auf seine Knie.

»Zack kann zeichnen. Du hast doch selbst gesehen, wie er mir in Rubys Hütte das Bild zeigte, das er mit Kohle gezeichnet hat«, begann Brian.

»Ja, das habe ich gesehen«, bestätigte Sully.

»Ich hatte ein anderes Bild mit in die Schule genommen, ein Bild mit Pferden«, fuhr Brian fort. »Und als ich es mir angeguckt habe, hat Mrs. Olive mich erwischt. Sie hat aber gar nicht geschimpft. Sondern sie hat gedacht, daß das Bild von mir sei, und dann hat sie mich gelobt und gesagt, daß ich Talent hätte.«

»Und du hast ihr nicht widersprochen?« fragte Sully.

Brian schüttelte bekümmert den Kopf. »Zuerst wollte ich das ja noch. Aber sie ließ mich nicht ausreden. Und dann war ich nur froh. Denn wenn sie mich nicht gelobt hätte, hätte sie mir sicher eine Strafarbeit aufgegeben.«

In der Dämmerung der Hütte bemerkte Brian das Schmunzeln nicht, das sich auf Sullys Lippen ausbreitete. »Das war nicht richtig von dir«, sagte er dennoch.

Brian schüttelte den Kopf. »Nein, das war es auch nicht. Und deswegen sage ich ja: Ich kann eigentlich gar nichts. Ich kann noch nicht einmal die Wahrheit sagen. Und wenn sie jemand in eine Anstalt stecken wollen, dann müßte ich das sein und nicht Zack.« Über seine Wangen rollten jetzt Tränen.

»Brian«, sagte Sully, »ich finde, du kannst sehr viel. Zum Beispiel hast du jetzt gerade die Wahrheit gesagt. Außerdem kannst du sehr gut Mundharmonika spielen, und du kannst gut mit Menschen umgehen. Du bist der einzige, der Loren Bray zum Lächeln bringt; du hast Zack geholfen, und du bist sein erster und einziger Freund geworden. Das ist sonst niemandem gelungen.«

»Aber ich würde Zack gerne noch viel mehr helfen, und das kann ich jetzt wieder nicht«, erwiderte Brian.

»Nein? Und warum nicht?«

»Weil er dazu noch einmal etwas zeichnen müßte, damit ich den anderen beweisen kann, daß ich nicht gelogen habe«, antwortete Brian. »Aber es ist mir nicht gelungen, ihn davon zu überzeugen.«

Sully schwieg einen Augenblick. »Weißt du, Brian«, sagte er dann, »es ist manchmal schwierig mit Freunden. Freund zu sein bedeutet, alles zu geben. Und dabei kommt es immer wieder vor, daß du deinem Freund mehr geben willst, als er annehmen kann.«

»Das verstehe ich nicht, Sully.«

Sully seufzte. »Es ist sehr schwer, das zu verstehen«, antwortete er. »Und vielleicht kann man es auch gar nicht begreifen. Wichtig ist nur eins: Daß dein Freund weiß, daß du zu ihm hältst. Und daß du ihm deine Hilfe anbietest – immer wieder.«

Brian nickte. Er wischte sich mit dem Jackenärmel über die Augen. »Ich werde es jedenfalls versuchen.«

Es wurde still in der Stadt. Die Nacht brach herein. Nur vereinzelt erhellten noch Lichter, die durch die Fenster der Häuser nach draußen drangen, die Straße von Colorado Springs. Auch in Michaelas Praxis brannte noch eine Lampe.

Die letzten Gäste hatten den Saloon längst verlassen, und die Mädchen waren zu Bett gegangen. Hank saß an einem der Tische. Vor ihm stand eine Whiskeyflasche, aus der er sich in regelmäßigen Abständen in sein Glas nachschenkte. Er blickte starr vor sich hin, nur von Zeit zu Zeit wechselte er die Hand, mit der er seinen Kopf stützte.

Auch im hinteren Teil des Saloons brannte noch eine vereinzelte Lampe. Zack saß dort ebenfalls an einem Tisch, und sein Blick glitt immer wieder für einen kurzen Moment zu dem langhaarigen Mann, der ihm den gebeugten Rücken zuwandte. Dann wandte er sich wieder seiner Beschäftigung zu, auf die er schon den ganzen Abend verwendete.

Schließlich erhob sich der Junge. Mit ängstlichen Schritten und immer wieder zögernd, als überlegte er, ob er den Mann wirklich aus seinen Gedanken reißen wollte, näherte er sich Hank. Dann stand er neben ihm. Er berührte ihn kaum merklich am Ärmel.

Hank sah nicht auf. Er hielt den Kopf weiter gesenkt. »Was willst du, Zack?« fragte er mit matter Stimme, als würde er kaum mit einer Antwort des Jungen rechnen.

Doch Zack zog langsam die Hand hervor, die er hinter dem Rücken gehalten hatte. Mit einer Mischung aus Verlegenheit und Angst schob er ein Stück Papier auf den Tisch vor Hank. »F... für... dich«, brachte er mühsam hervor.

Hanks Oberkörper wich erstaunt zurück. Dann hefteten sich seine Augen auf die Zeichnung, die Zack offenbar mit Kohle aus dem Kamin angefertigt hatte. Sie zeigte eine junge Frau, die den Betrachter mit zugleich sinnlichen und sensiblen Lippen anlächelte. Selbst aus der Zeichnung strahlten ihre Augen wie Sterne hervor. Ihre langen Haare hatte sie zu einer üppigen Frisur aufgesteckt, und ihr langer, schlanker Hals bog sich mit graziler Anmut.

»F... für dich«, wiederholte Zack mit Nachdruck. Dann entfernte er sich langsam, wich zurück in den hinteren Teil des Saloons.

8

Ein unverkennbares Talent

Der helle Morgen hatte die Schleier der Nacht zerrissen. So spät Michaela am vergangenen Tag nach Hause zurückgekehrt war, so früh saß sie jetzt schon wieder an ihrem Schreibtisch in der Praxis. Die Tür stand offen, und die Ärztin genoß den erfrischenden Lufthauch, der von draußen hereindrang und ihre übernächtigte Stirn kühlte.

»Dr. Mike?«

Michaela sah von ihrer Arbeit auf. »Ist etwas?« fragte die Ärztin alarmiert, als sie Hank im Türrahmen stehen sah. Nach ihren letzten Begegnungen mit dem Saloonbesitzer hatte sie das sichere Gefühl, daß er sie nur noch in einem ernsten Notfall aufsuchen würde.

Anstatt eine Antwort zu geben, trat Hank nun ein. In seiner Hand hielt er ein zusammengerolltes Papier. »Ich habe gestern zuerst nicht verstanden, was Brian von Zack wollte. Er redete irgendwas von einer Zeichnung. Heute weiß ich es.« Er legte das Porträt der Frau, die Zack ihm am Abend zuvor geschenkt hatte, vor der Ärztin auf den Tisch.

Mit deutlicher Verwirrung betrachtete die Ärztin das Bild. Schließlich nahm sie es sogar auf und hielt es näher ans Licht, um das Gesicht der Frau besser studieren zu können. Soweit die Ärztin es beurteilen konnte, war dies eine äußerst gelungene Zeichnung. Sie zeugte von großem Talent, wenn auch deutlich zu erkennen war, daß der Künstler die Höhen wirklicher Meisterschaft noch vor sich hatte. Der Schöpfer dieses Bildes hatte noch keine fachliche Ausbildung genossen, soviel war sicher. Aber es konnte nur eine Sünde sein, wenn man sie einem begabten Menschen wie ihm vorenthielt.

Um so verantwortlicher mußte mit dem Werk, seinem Erschaffer und den daraus resultierenden Konsequenzen umgegangen werden. Michaela legte die Zeichnung vor sich auf den Tisch. Sie betrachtete das Frauengesicht mit ein wenig zusammengekniffenen Augen. »Können Sie sicher sein, daß es von Zack stammt?«

Hank sah die Ärztin einen Augenblick lang schweigend an. »Ja, todsicher«, sagte er schließlich. »Es ist seine Mutter.«

Michaela hatte das Gefühl, als hallte der Satz wie ein Echo vielfach durch den Raum nach. Sie hatte mit jeder Antwort gerechnet, die die Wahrscheinlichkeit für Zack als Urheber des Bildes minderte, aber nicht mit einem derart schlagenden Beweis. Zögernd nahm sie das Bild wieder auf. »Sie... sie war wunderschön«, stellte sie fest.

»Ja, Clarice war die schönste Frau, die mir je begegnet ist«, antwortete Hank wie aus tiefsten Gedanken. Er atmete tief ein. »Ich war wohl kein Mustervater«, bekannte er. »Und ich werde auch nie einer sein – das wissen Sie genausogut wie ich. Ich bin eben anders. Ich bin Saloonbesitzer, und dazu gehören nun mal der Whiskey und die Mädchen. Aber eins dürfen Sie mir glauben, Dr. Mike: Ich habe Clarice geliebt wie nie einen Menschen zuvor. Und ich liebe Zack, weil er Clarices Kind ist.«

»Hank...« Michaela mußte einige Male schlucken,

bevor sie weitersprach. »Ich bin mittlerweile überzeugt, daß Sie für den Jungen wirklich das Beste wollen und daß Sie ihn...« Das Wort wollte ihr angesichts des rauhen Mannes nur schwer über die Lippen. »Und daß Sie ihn lieben – wenn auch auf eine andere Art, als ich zum Beispiel meine Kinder liebe. Aber ich sehe ein, daß ich mir in dieser Hinsicht kein Urteil anmaßen darf.« Sie schwieg einen Moment. »Wie soll es nun mit dem Jungen weitergehen?«

»Ich habe Zack lange Jahre nicht gesehen«, begann Hank, während er im Raum auf und ab schritt. »Ich konnte ihn nicht sehen. Nicht, weil er anders war als andere Kinder, weil er zunächst nicht laufen lernen wollte, und weil uns allen schließlich klar wurde, daß er niemals sprechen würde. Ich konnte ihn nicht sehen, weil er mich jeden Moment an Clarice und an ihren Tod erinnerte. Ich glaube, Sie können sich das nicht vorstellen, Dr. Mike.«

»Ich habe schon viele Menschen sterben gesehen, Hank«, antwortete die Ärztin. »Und ich weiß, daß es für die, die zurückbleiben, oft mindestens ebenso schwer ist.«

»Nein, nein.« Hank schüttelte den Kopf. »Sie verstehen nicht, was ich meine. Es ist anders. Ich habe Clarice irgendwann, vor vielen Jahren, aus Denver hierher gebracht. Sie arbeitete für mich, bevor Zack kam und auch hinterher. Aber schließlich wurde sie krank. Schwer krank.«

»Ich verstehe, Hank«, sagte Michaela, »ich nehme an, sie ist durch einen Kunden infiziert worden und...«

Hank nickte. Er sah aus dem Fenster auf den Saloon. »Es war genau eine dieser verdammten Krankheiten. Für ein Saloonmädchen schon fast ein natürlicher Tod, könnte man sagen.« Seine Stimme wurde sarkastisch. »Und trotzdem!«

Seine Faust fuhr plötzlich donnernd auf die Fensterbank herab. »Wer sagt, daß ich sie nicht hätte heiraten können? Warum habe ich sie weiter in diesem verdammten Job arbeiten lassen?«

Michaela schwieg. Sie hatte nicht das Gefühl, daß Hank auf diese Frage tatsächlich eine Antwort von ihr erwartete. Allerdings kam ihr die Vorstellung, daß ein Saloonbesitzer verheiratet sein könnte, merkwürdig vor. »Hank«, sagte sie schließlich. »Es war vielleicht ein Fehler, aber es hat wenig Sinn zurückzuschauen. Was geschehen ist, ist geschehen. Sie werden es nie mehr ändern können. Ihnen bleibt nur eins übrig: Sehen Sie in die Zukunft und versuchen Sie das, was Sie an Clarice versäumt haben, an Zack gutzumachen.«

»Aber wie soll ich das?« entgegnete Hank. »Ich sehe ein, daß er ein vernünftiges Zuhause braucht. Er muß raus aus dem Saloon, so wie ich Clarice hätte herausholen müssen, als sie das Kind bekam.«

»Aber«, wandte Michaela ein, »ich hatte das Gefühl, daß Zack sich im Saloon nicht unwohl gefühlt hat.« Sie hätte niemals gedacht, daß ausgerechnet sie einmal in die Situation kommen würde, Hank zu beruhigen und moralisch aufzurichten. »Vielleicht war Ihre Idee gar nicht so falsch. Die Arbeit stärkt sein Selbstwertgefühl und...«

»Nein, er kann nicht bleiben«, unterbrach Hank die Ärztin. »Auch wenn es mir jetzt schwerer fällt als je, ihn wieder abzugeben. Aber er hat etwas Besseres verdient, als den Boden zu kehren und Spucknäpfe zu reinigen. Und als ich dieses Bild sah, habe ich gedacht, vielleicht steckt ja wirklich etwas in dem Jungen.« Er wandte sich wieder zu der Ärztin um. »Ich habe es dem Kind noch nie an Geld fehlen lassen.

Aber ich bin bereit, noch viel mehr aufzubringen, wenn Zack die Ausbildung erhalten kann, die er braucht.«

Michaela betrachtete wieder die Zeichnung, das Bildnis der Frau, ihr Gesicht, festgehalten durch ein Stück Kohle, das auf dem Papier erneut zu leben begann. Wie ungeheuer plastisch die Haut war – fast glaubte man, den zarten Flaum darauf zu erkennen. Und wie die vom Zeichner mit ungeheurem Gespür gesetzten Licht- und Schattenreflexe das Spiel der Muskeln wiedergaben... Michaela dachte an das Telegramm, das sie im Hinblick auf Brians mögliche Zukunft nach Denver geschickt hatte. »Hank«, sagte sie dann, »auch ich will mich darum kümmern, daß Zack die Ausbildung erhält, die seiner Begabung zukommt.«

Nachdem Hank gegangen war, saß Michaela in Gedanken versunken an ihrem Schreibtisch. Es gelang ihr nicht, sich auf ihre Arbeit zu konzentrieren, die vor ihr lag. Statt dessen drehte sie beständig einen Stift zwischen ihren Fingern, legte ihn dann über sich selbst verärgert zur Seite, um ihn Augenblicke später wieder aufzunehmen.

Brian hatte also tatsächlich recht gehabt. Zack konnte zeichnen, besser als jeder andere Mensch, den die Ärztin je gekannt hatte. Bei allen Schwächen, unter denen der Junge zweifellos litt, verfügte er gleichzeitig über eine Begabung, die ihresgleichen suchte.

Michaela erhob sich und schritt an das Fenster, um zum Saloon hinüberzusehen. Zack kehrte wieder einmal die Veranda. Das war die Arbeit, zu der die Bewohner von Colorado Springs ihn allenfalls für fähig hielten. Und Michaela mußte sich eingestehen, daß sie nach und nach ähnlicher Ansicht wie die Leute geworden war. Nachdem ihr erster ambitionierter Versuch, Zack in die Schule zu schikken, gescheitert war, hatte sie sich keine weiteren Gedanken über die geistige Ausbildung des Jungen gemacht. Sie war froh gewesen, ihn versorgt zu wissen. Und sie hatte sich trotz Brians Beteuerungen wie alle anderen auch nicht vorstellen können, daß in Zack eine besondere Begabung schlummerte. Dabei war sie doch diejenige gewesen, die vor wenigen Wochen genau das gegenüber der skeptischen Mrs. Olive ins Feld geführt hatte: Daß Gott möglicherweise ausgerechnet mit Zack einen besonderen Plan hatte, da er ihm ansonsten ein solch unwürdiges Leben erspart hätte.

In diesem Moment klopfte es zaghaft an die Tür der Praxis. »Dr. Mike?« Der Postbeamte Horace trat ein. »Hier ist ein Brief für Sie. Aus Denver.«

»Oh!« Michaela war angenehm überrascht. »Vielleicht ein gute Nachricht für Zack.«

Horace schüttelte den Kopf. »Ich glaube nicht. Der Brief kommt von der Kunstschule.«

Michaela nahm den Brief entgegen und öffnete ihn eilig. Sie faltete das Papier auseinander, das mit Worten in einer eigenwilligen Handschrift bedeckt war – der Handschrift eines künstlerischen Menschen.

»*Sehr geehrte Frau Dr. Quinn*«, begann der Brief, »*die Zeichnung Ihres Sohnes Brian habe ich mit Interesse betrachtet. Ich muß sagen, ich bin tief beeindruckt. Ich habe selten die Arbeit eines Laien gesehen, die ein solches Maß an Qualität aufweist. Perspektive, Licht und Schatten und der Strich Ihres Sohnes sind Ausdruck eines unverkennbaren Talentes. Trotz des jugendlichen Alters des Künstlers – wie Sie mir schrieben, ist Brian erst neun Jahre alt*

– möchte ich Ihnen schon jetzt die Zusage auf einen Platz in unserer Kunstschule erteilen. Auch wenn wir Schüler normalerweise erst ab dem dreizehnten Lebensjahr bei uns aufnehmen, wird Brian uns jederzeit willkommen sein. Ich versichere Ihnen, daß ich mich persönlich um seine Unterbringung in einer geeigneten Familie und sein sonstiges Wohlergehen bemühen werde. In Erwartung Ihrer Antwort verbleibe ich, mit Gratulationen an die Eltern eines solchen Talentes,

Mary Wellman, Leiterin der Kunstschule in Denver.«

Michaela ließ den Brief sinken. Sie faltete das Papier nachdenklich zusammen und steckte es zurück in den Umschlag. Dann strich sie die Adresse aus und schrieb eine andere darüber. »Horace«, sagte sie, während sie dem Postbeamten den Brief zurückreichte. »Es tut mir leid. Der Brief ist falsch adressiert. Ich habe die neue Adresse eingesetzt.«

Horace nahm den Brief entgegen. Mit hochgezogenen Augenbrauen las er: »An Hank Wilson, Vater eines unverkennbaren Talents, Colorado Springs.« Horace sah auf. »Sind Sie sicher, Dr. Mike?«

Michaela erhob sich. »Ganz sicher, Horace.«

Sie sah dem Postbeamten durch das Fenster nach, wie er mit dem Brief in der Hand dem Saloon zustrebte. Als er zwischen den Schwingtüren verschwunden war, drehte sich die Ärztin um. Ihr Blick fiel auf die Gegenstände, mit denen sie damals Zacks Denkvermögen hatte testen wollen. Sie lagen wieder in der Anordnung, die Zack getroffen hatte: Die leicht geöffnete Schere verlief senkrecht, darüber die Vogelfeder und darunter der leicht nach oben gebogene Bindfaden. Die Ärztin kniff die Augen zusammen. Und jetzt sah sie deutlich vor sich, was sie vor einigen Tagen im Dämmerlicht der Praxis und nach einem langen Tag für einen Spuk ihres Gehirns gehalten hatte: ein Gesicht. Die Schere bildete mit ihren Griffen die Augen, und die Klingen verliefen in einem sanften Dreieck als Nase. Die geschweifte Vogelfeder war zu buschigen Augenbrauen geworden, die, auf der einen Seite hochgezogen, dem Gesicht etwas Verschmitztes verliehen. Und der kaum merklich gebogene Bindfaden-Mund lächelte dem Betrachter sanft zu.

Michaela hob die Hand und rieb sich die Augen. Hier, mit der Anordnung dieser Gegenstände, die die Ärztin für einen Ausdruck von Zacks Unkenntnis gehalten hatte, lag Zacks Begabung offen vor ihr, seit Wochen. Und Michaela war blind genug gewesen, dies nicht zu erkennen.

Wie so oft in der letzten Zeit, blieb Michaela auch an diesem Abend allein in der Praxis zurück. Im sanften Schein der Lampe saß sie über ihren Schreibtisch gebeugt. Vor ihr lag ein Bogen ihres Briefpapiers. Sie hatte es bereits adressiert: An die Boston University, Nachfolger des Lehrstuhls von Prof. Maxwell.

»Sehr geehrte Kolleginnen und Kollegen«, begann Michaela, *»ich nehme Bezug auf das Werk Ihres verehrten Vorgängers Dr. Maxwell: ›Die Krankheiten des Gehirns‹. Als Ärztin einer kleinen Stadt im Westen wurde ich unlängst mit einem Fall konfrontiert, der mir zunächst rätselhaft erschien. Es handelte sich, nach Berichten, um Spätfolgen einer Schädigung des Gehirns infolge von Sauerstoffmangel während der Geburt. Zack, der Junge, von dem hier die Rede ist, ist heute zwölf Jahre alt. Auf der Suche nach*

Hinweisen für die Art der Verletzung und eine mögliche Therapie, konsultierte ich Dr. Maxwells Werk über die Erkrankungen des Gehirns. Ich las über den Fall eines Patienten, der nicht in der Lage war, die geometrische Form der vor ihm aufgebauten Gegenstände visuell zu erfassen. Ich möchte heute einen Nachtrag zu diesem Phänomen aus der Erfahrung meiner eigenen Praxis hinzufügen: Zack schien lange Zeit nicht in der Lage, die Bedeutung von Wörtern, die er hörte, zu erfassen. Nachdem ein organischer Hörschaden jedoch ausgeschlossen werden konnte, komme ich heute zu dem Ergebnis, daß bei diesem Junge ein ähnlicher Fall wie der oben erwähnte vorliegt: Obwohl Zack die Worte hört, kann sein Gehirn ihren Sinn nur in Teilen erfassen, die für ihn von Bedeutung sind. Als wollte die Natur diesen Schaden ausgleichen, ist hingegen seine Wahrnehmung visueller Reize über alle Maßen ausgeprägt. Der Junge ist in der Lage, sieben Jahre nach dem Tod seiner Mutter aus dem Gedächtnis ein lebensechtes Porträt dieser Frau zu zeichnen!

Dr. Maxwell weist uns Ärzte an, die Krankheit als andere Form der Empfindsamkeit zu sehen. Hoffen wir, daß wir uns dazu stets nicht nur der gesunden und unvermittelten Empfindung unserer Sinne, sondern auch unseres Gefühls bedienen.

Hochachtungsvoll

Dr. Michaela Quinn, Colorado Springs«

Es dauerte nur wenige Tage, bis alle Vorbereitungen getroffen waren. Michaela sendete ein Telegramm an Miß Wellman, in dem sie die Verwechslung des Urhebers der Zeichnung kurz erläuterte. Miß Wellman antwortete, daß ihr – wer auch immer letzten Endes der Urheber der Zeichnung sei – der begabte Junge in jedem Fall willkommen wäre.

Darüber hinaus habe sie bereits eine Gastfamilie für den Neuankömmling ausfindig gemacht.

Von nun an fieberte nicht nur Zack seiner Abreise nach Denver entgegen. Auch Michaela wußte, daß Zacks Aufnahme an der Kunstschule das Ereignis war, das sein Leben schlagartig ändern konnte. Und sie hatte keinen Zweifel daran, daß es sich zum Positiven ändern würde. Vielleicht war dies der Moment, der in Zacks Schicksal vorbestimmt war – der Moment, in dem das Besondere in ihm zum Leben erweckt wurde und den stillen, in sich gekehrten und von allen für einen Idioten gehaltenen Jungen vor vielen anderen Leuten auszeichnete.

Dennoch verspürte Michaela bei aller Freude eine unterschwellige Trauer. Sie hatte Zack ins Herz geschlossen. Gerade in diesen letzten Tagen hatte sie bemerkt, wieviel aus Zacks stummen Blicken sprach, wie er sich den Menschen auch ohne Worte mitteilte. Zack würde wohl zeit seines Lebens nahezu stumm bleiben. Und für seine stille Art, mit Blicken zu sprechen, waren die meisten Menschen nicht empfänglich – so wie auch Michaela für die Sprache seiner Blicke taub gewesen war und blind für Zacks Formenverständnis.

Die Postkutsche, die zweimal in der Woche zwischen Colorado Springs und Denver verkehrte, wartete bereits auf dem kleinen Platz der Stadt vor Loren Brays Laden. Die Kutscher luden die Koffer der Reisenden und die Briefsäcke der kleinen Poststation auf den Gepäckträger und verzurrten die schwere Last so sicher wie möglich.

Zack, der zum Abschied einen Gratishaarschnitt von Jake Slicker erhalten hatte, sah den Männern bewundernd zu, wie sie behende an dem Fahrzeug herauf- und herunterkletterten.

Eine ganze Reihe Bürger aus Colorado Springs hatte sich zur Verabschiedung des Jungen eingefunden. Daß Zack, der Idiot, auf eine Schule nach Denver gehen sollte, war eine Sensation, wie man sie bisher in der kleinen Stadt noch nicht erlebt hatte und wohl auch nie mehr erleben würde. Mit einer Mischung aus Staunen und Ehrfurcht musterten die Leute den unscheinbaren Jungen, den die meisten von ihnen nicht einmal für fähig gehalten hatten, mit einem Besen die Veranda des Saloons zu kehren, ohne für Unruhe zu sorgen.

Natürlich fanden sich auch die Kinder und Michaela zur Verabschiedung ein. Colleen hatte eigens für Zack einen Kuchen gebacken, und Brian hielt eine braune Papiertüte in den Händen, die schon langsam knitterig wurde. Um Zacks Verabschiedung beiwohnen zu können, hatte sich Matthew bereit erklärt, die Sendungen aus Denver für Mrs. Olives Ranch von der Postkutsche abzuholen. Und Sully, begleitet von Wolf, näherte sich in diesem Augenblick ebenfalls dem kleinen Platz.

Schon von weitem bemerkte Michaela den elegant gekleideten Mann, der neben Zack stand. Er trug einen edlen Reiseanzug und hatte dem Jungen mit väterlichem Stolz die Hand auf die Schulter gelegt.

»Oh, Hank«, sagte Michaela, und in ihrer Stimme klang verhaltene Bewunderung. »Sie sehen ja so verändert aus.«

Hank grinste die Ärztin an. »Als Geschäftsmann und Gentleman muß man sich den Gegebenheiten entsprechend zu kleiden wissen.«

»So? Fahren Sie denn als Geschäftsmann nach Denver?« erwiderte die Ärztin.

»Nein, aber als Gentleman und als Vater eines unverkennbaren Talents«, antwortete Hank und klopfte seinem Sohn auf die Schulter. »Eines unverkennbaren Talents, das die berühmte Kunstschule von Miß Wellman besuchen wird«, fügte er stolz hinzu.

»Ist das denn schon sicher? Muß er keine Aufnahmeprüfung mehr machen?« fragte Brian.

»Doch, wahrscheinlich schon«, antwortete Michaela. »Alle Schüler müssen ihr Talent in dieser Prüfung noch einmal beweisen. Aber ich bin sicher, Zack wird sie bestehen.«

»Siehst du, Ma«, antwortete Brian. »Spätestens dann wäre herausgekommen, daß ich wirklich kein Talent habe. Diese Prüfung hätte ich niemals bestanden.«

»Oh, Brian, vielleicht doch«, antwortete Sully an Michaelas Stelle. Er schlang seine Arme um Brians schmale Schultern. »Zum Beispiel, wenn die Aufgabe gelautet hätte: Malt Schweine auf Stelzen.«

»Eins habe auch ich jedenfalls aus der Sache gelernt«, sagte Mrs. Olive, sobald sie zwischen dem Lachen wieder Luft holen konnte. »Man sollte Kinder immer aussprechen lassen. Dann kommt es auch nicht zu solchen Mißverständnissen. Außerdem Hank«, wandte sie sich jetzt an den Saloonbesitzer, »so wie ich Brians Talent überschätzt habe, habe ich deine Großzügigkeit unterschätzt. Ich hätte nicht gedacht, daß du Zack wirklich auf diese Schule schicken würdest, aber um so mehr freut es mich. Und diese Kunstschule«, wandte sie sich an Zack, indem sie sich leicht zu ihm herabbeugte, »kann wirklich froh sein, daß sie dich als

Schüler bekommt. Ich wette, du wirst einmal sehr berühmt, und dann wird ganz Colorado Springs stolz auf dich sein.«

»Jedenfalls will Miß Wellman Zack persönlich unterrichten«, fügte Michaela hinzu. »Und das allein ist schon eine große Auszeichnung und eine ungeheure Chance.«

Hank lächelte nahezu verlegen. Ein Ausdruck, den Michaela sich nicht erinnern konnte, jemals auf seinem Gesicht gesehen zu haben. »Ich bin sehr stolz darauf, daß Zack nun nach Denver geht«, sagte er und strich Zack über die dunklen Haare.

»Und ich finde es schade, daß Zack nach Denver geht«, entgegnete Brian. »Hier, die sind für dich«, erklärte er und reichte Zack eine Tüte Drops aus Lorens Gemischtwarenladen. »Du verdienst jetzt ja doch vorerst noch kein Geld... Und solche gibt es in Denver sowieso nicht.«

Zack nahm die Tüte strahlend entgegen. Er stopfte sie eilig in seine Tasche, dann umarmte er Brian lange und innig. »Fr... Freund«, brachte er mühsam hervor.

»Genau, ich bin dein Freund, und du bist meiner«, antwortete Brian. »Und Freunde bleibt man ein Leben lang.«

Es war nun Zeit einzusteigen. Alle Hände streckten sich Zack entgegen.

»Hier, Zack, dieser Kuchen ist für dich«, sagte Colleen und überreichte dem Jungen das runde Paket.

Zack sah das Mädchen fragend an.

»Das ist so üblich«, antwortete Colleen. »Zum Schulanfang bekommt man immer etwas Süßes.«

Nun stand Michaela vor Zack. »Auf Wiedersehen,

Zack«, sagte sie. »Ich wünsche dir alles Glück dieser Welt.«

»Dok...tor Mike«, brachte Zack langsam und ernst hervor. Dann erklomm er die beiden kleinen Trittstufen. Bevor er die Kutsche betrat, wandte er sich noch einmal um. Sein Gesicht schien genauso verschlossen wie immer. In seinen Augen aber lag ein tiefer, eigentümlicher Glanz.

Auch Hank wollte schon seinen Fuß auf die Trittstufe setzen. Doch er wandte sich noch einmal um. Michaela stand hinter ihm. Sein Blick wanderte unwillkürlich zu Boden, doch er richtete ihn schnell wieder in die Höhe. Er reichte Michaela seine rauhe Hand. »Ich danke Ihnen, Dr. Mike«, sagte er. »Ohne Sie wäre Zack als Idiot in meinem Saloon verkommen.«

»Und ich danke Ihnen«, erwiderte die Ärztin. »In Zacks Namen.«

Hank stieg ein, und die Türen der Kutsche schlossen sich. Die Kutscher trieben die Pferde an, und unter Knirschen und Mahlen setzten sich die großen Holzräder des Gefährts auf dem Sand in Bewegung.

Wie von einem Strudel gezogen, schloß sich die Menge der Kutsche an. Und während Zack sich aus dem Fenster beugte und den Leuten winkte, erhoben auch die Zurückbleibenden ihre Hände.

»Auf Wiedersehen, Zack. Komm bald wieder!« rief Brian. »Und schick mir mal ein Bild mit der Post.«

»Mach es gut, Junge!« rief Mrs. Olive. »Und mach deiner Stadt Ehre.«

»Auf Wiedersehen!« rief auch Michaela, während sie der Kutsche hinterher winkte. »Fahr in die Zukunft ...« Ihr

Blick wurde plötzlich trüb, und ihre Stimme brach. Sie ließ den Arm sinken und faßte nach einer Hand, die sich warm, zuversichtlich und Trost spendend auf ihre Schulter legte. Es war Sullys Hand. »Fahr in eine bessere Zukunft«, brachte sie nur noch leise hervor. »Fahr in dein Glück.«

Und im Staub des aufgewirbelten Sandes verschwand die Postkutsche hinter einer Biegung des Weges.

Stories Band 1

Dorothy Laudan
Dr. Quinn – Ärztin aus Leidenschaft
Büffeljagd

Als die junge Ärztin Dr. Michaela Quinn erfährt, daß Colorado Springs an das Eisenbahnnetz angeschlossen werden soll, ist sie zunächst hoch erfreut. Immerhin bedeutet dies wesentlich bessere medizinische Versorgungsbedingungen für die Einwohner des kleinen Städtchens im Westen Amerikas. Doch was zunächst wie ein gewaltiger Fortschritt anmutet, führt in ein grauenvolles Desaster: Von der Eisenbahngesellschaft bestellte Büffeljäger knallen jedes Tier ab, das ihnen vor die Flinte gerät, und berauben die Cheyenne damit ihrer Lebensgrundlage. Ein erneuter Indianerkrieg scheint unabwendbar...
Die dramatische Entwicklung des Konflikts wirkt sich bald auch auf das Privatleben der jungen Ärztin aus. Als Cloud Dancing, der Medizinmann der Cheyenne, den schwerverletzten Sully zu Dr. Mike bringt, befürchtet Michaela das Schlimmste: Sully ist von der Hüfte abwärts gelähmt, nachdem die Büffeljäger ihn fast zu Tode geprügelt haben. Wird das ärztliche Können der Medizinerin ausreichen, um Sully zu helfen?

vgs verlagsgesellschaft, Köln

Stories Band 2

Dorothy Laudan
Dr. Quinn – Ärztin aus Leidenschaft
Tödliches Wasser

In dem kleinen Städtchen Colorado Springs gehen rätselhafte Dinge vor sich: Die Praxis von Dr. Michaela Quinn wird immer häufiger von Patienten aufgesucht, die alle die gleichen bedenklichen Symptome aufweisen, – sie leiden unter unerklärlichen Vergiftungserscheinungen...
Die junge Ärztin hegt einen schwerwiegenden Verdacht. Sollte sich ihre Vermutung bestätigen und das Wasser des Fountain Creek tatsächlich vergiftet sein, dann wäre das Leben aller Einwohner des kleinen Ortes am Rande der zivilisierten Welt bedroht. Dr. Mike weiß, daß es allein in ihrer Hand liegt, die Gefahr abzuwenden. Deshalb begibt sie sich, um eine Katastrophe zu verhindern, gemeinsam mit Byron Sully auf eine gefährliche Reise, deren Ausgang ungewiß ist...

vgs verlagsgesellschaft, Köln

Die großen Dr. Quinn-Romane:

Dorothy Laudan
Dr. Quinn
Ärztin aus Leidenschaft
Roman

Dorothy Laudan
Dr. Quinn – Ärztin aus Leidenschaft
Sprache des Herzens
Roman

Dorothy Laudan
Dr. Quinn – Ärztin aus Leidenschaft
Zwischen zwei Welten
Roman

Dorothy Laudan
Dr. Quinn – Ärztin aus Leidenschaft
Was ist Liebe?
Roman

Dorothy Laudan
Dr. Quinn – Ärztin aus Leidenschaft
Auf immer und ewig
Roman

Dorothy Laudan
Dr. Quinn – Ärztin aus Leidenschaft
Die Geschichte von Sully und Abigail
Roman

vgs verlagsgesellschaft, Köln